大方
sight

News of the World

PAULETTE JILES

[美] 波莱特·吉尔斯 著 何静芝 译

来自世界的消息

中信出版集团 | 北京

图书在版编目（CIP）数据

来自世界的消息 /（美）波莱特・吉尔斯著；何静芝译
.--北京：中信出版社，2020.5
书名原文：News of the World
ISBN 978-7-5217-0982-7

I. ①来… II. ①波… ②何… III. ①长篇小说-美国-现代 IV. ① I712.45

中国版本图书馆 CIP 数据核字（2019）第 227992 号

来自世界的消息

著　　者：[美]波莱特・吉尔斯
译　　者：何静芝
出版发行：中信出版集团股份有限公司
（北京市朝阳区惠新东街甲 4 号富盛大厦 2 座　邮编　100029）
（CITIC Publishing Group）
承 印 者：浙江新华数码印务有限公司

开　　本：787mm×1092mm　1/32　　印　　张：8　　字　　数：130千字
版　　次：2020 年 5 月第 1 版　　印　　次：2020 年 5 月第 1 次印刷
京权图字：01-2019-3763　　广告经营许可证：京朝工商广字第 8087号
书　　号：ISBN 978-7-5217-0982-7
定　　价：48.00 元

献给陪伴我一路走来的朋友们：

苏珊、琼、阿普丽尔、南希、卡罗琳、旺达、

伊芙琳，以及丽塔·赖特曼·惠比特

目 录

基奥瓦女孩

1870年冬，得州，威瀑县

基德上尉在小讲台上铺开《波士顿晨刊》，开始读关于第十五修正案的文章。他生于1798年，三次见证战争，最近的一次五年前才息兵，他希望有生之年再没有战争，虽然眼下，真正加速他衰老的不是时间，而是世界各地的消息。尽管老了，他依然辗转在途，即便是春天的冷雨也拦不住他。他曾是印刷工，直到战争毁去了包括印刷店在内的一切，联盟国[1]的经济早在投降前就分崩离析了，他现在的谋生手段就是无论严寒酷暑、下雨刮风，都竖起衣领、怀揣防水报刊夹，在北得州境内四处游走念报。他骑了匹好马，常担心有人牵走，好在这

1 联盟国（Confederacy）是1861年至1865年由11个美国南方蓄奴州宣布从美利坚合众国分裂而出的政权。

样的事尚未发生。就这样，他在2月26日这天抵达威瀑县县城，把海报用图钉钉好，进马厩换上专门念报的衣服。这天大雨如注，但上尉有一副嘹亮的好嗓子。

他抖开《波士顿晨刊》的内页。

第十五修正案，他念道，于不久前的1870年2月3日由几州联名签署，规定无论肤色、种族或过去是否为奴，人人都有投票的权利。他抬头看了眼台下，两片老花镜泛着光，又向讲台微微欠身。说的就是有色人种的先生们，他说。莫发愚蠢之词，不必大呼小叫。他转头扫视台下仰望他的听众。我可听见你嘀咕了，他说。别嘀咕。我这人最烦嘀咕。

他瞪了大家一眼，这才接着说，下一篇。上尉又抖开另一张报。这是来自纽约《先驱论坛报》的最新消息，据一捕鲸者目击，极地探险船“汉莎号”在前往北极途中触冰失事，失事位置大约在北纬70°格陵兰岛附近，尚无人生还。他不耐烦地揭过这一页。

上尉的脸棱角分明，胡须刮得干干净净，头发花白，身高在六英尺上下。他的头发在牛眼灯炙热的灯光下散发出光泽，他的后腰插一把短筒“斯洛科姆”转轮手枪，点32口径，五连发。他不怎么喜欢这把枪，好在用的机会也不多。

越过许许多多脱了帽子的头，他看见后墙根站着布里特·约翰逊和他的手下佩恩特·克劳福德与丹尼斯·丘尔顿。他们虽是黑人，但并不为奴。布里特从事货运，那两个人是他赶车的助手。三人把帽子拿在手中，都用一只穿着靴子的脚抵住身后的墙。讲厅挤满了人，这里的空间设计极为开阔，专门用来储存羊毛、举办集会、招待基德上尉这样的人做演讲。听众大多是男性，绝少有黑人。牛眼灯的光线极为刺眼，四下便愈显幽黑。基德上尉就这样，辗转北得州各镇，到礼堂或教堂中，为相似的人群念诵时事新闻，每人收取一毛钱人头费。因为是单干，便没人替他收钱，不过很少有人逃票，即便有，也会被别人揪着脖领子拎起来，扭过臂膀，呵斥说，人人都交一毛，你他妈也得交，懂吗？

这么一来，一毛钱便应声落进油漆罐里了。

他抬起头，正见布里特·约翰逊向他举起食指。基德上尉对他微微颔首示意，又念了《费城问询报》上英国物理学家詹姆士·麦克斯韦有关《醚类化合物中波长大于红外线的射线所受电磁干扰》的文章作为结束。这是为了扫扫大家的兴，挫挫大家的耐心，好让人群安静地自愿离开。上尉已疲于面对混乱与人类的诸多情绪。近来，他感到自己的生活变得枯燥而酸楚，甚至有那么一点儿变质。这是最近才发生的现象，一种百无聊赖的感觉，像煤气般缓慢地侵噬着他，除了安静与孤独，他不知道还能寻求什么别的。近来，每到念报尾声，他都会感到极其的不耐烦。

上尉折起报纸，放入报刊夹，倾身吹灭左侧的牛眼灯。穿过人群时，人们纷纷与他握手。一个金发男人却只坐着看他，他身边还有两个印第安人（即便不是纯种印第安人，也有一半印第安血统），上尉看出他们来自卡毒部落，此部落素有恶名。坐着的金发男人转过身，又盯着布里特看。更多的人上前来感谢上尉为他们念报，问候他业已成年的孩子。基德点着头，一边说，还行，还行，一边向谷仓后的布里特三人走去，想知道他先前举起食指是为了什么。

基德上尉以为他要问第十五修正案的事，然而不是。

基德上尉先生，您能同我来一下吗？布里特恭敬地站直，摘帽。丹尼斯与佩恩特也如是。布里特说，我的篷车里有个“小麻烦”。

“小麻烦”大约十岁，一身马背印第安人装束，一条鹿皮及膝裙，前襟缀四排加拿大马鹿牙，肩上披一条厚毯子，发色似枫糖，两只羽绒球挂在一绺头发上，其间用细线斜缀一根金雕毛。她端庄地坐着，仿佛头上的羽毛与项上的玻璃珠都是名贵的首饰。她有一对蓝眼睛，雪白的皮肤因为烈日与风霜的洗礼，呈现一种古怪的发亮的色泽，她的脸仿佛鸡蛋一般毫无表情。

原来如此，基德上尉说。原来如此。

基德上尉围着一条厚厚的羊毛围巾，在冷雨中竖起黑色大衣的立领。鼻中呼气成云。他咬着左下唇，看着面前这个小人坐在布里特手中的飓风应急煤油灯下，思索她究竟是谁。不知为何，面前的景象令他感到脊背发凉。

吓我一跳，基德上尉说。这孩子看着像假的，又有点邪气。

布里特已将篷车倒进出租马棚的甬道里，车太大，他没法儿全倒进去，篷车的前半部分包括驾驶座，都暴露在鼓点般的雨滴与反射着光亮的四下溅起的雨雾中，后半部分则掩在甬道的顶棚下。大家都站在这儿，观察那孩子，仿佛人类在陷阱中发现了种类不明且很可能有危险的诡异生物。她屁股下坐着一捆军装，灯光照耀她的双眼，反映着一种薄玻璃般脆生生的蓝。她看着他们，看着他们举手投足间每一个细微的动作。她的眼神转动着，身体却纹丝不动。

先生，布里特说。从锡尔堡到此地间，这孩子已经跳车两次。据哈默德特派员调查，她叫乔安娜·里昂伯格，四年前在卡斯特罗维尔被掳，时年六岁。卡斯特罗维尔在南边，圣安东尼奥附近。

我知道那地方，基德上尉说。

先生，具体情况特派员都了解。如果她确实是乔安娜·里昂伯格，那么，她今年大约十岁。

布里特·约翰逊身型高大勇武，但他望着孩子的眼神却充满疑虑与戒备，态度极为谨慎。

我叫蝉，我的父亲叫转水，我的母亲叫三点，我想回家。

众人听不见这番话，因为这话是在她心里说的，嘴上并没出声。如歌的基奥瓦方言仿佛一群蜜蜂，嗡嗡嗡地盘踞在她的小脑袋里。

基德上尉问，知道这孩子的父母是谁吗？

先生，知道。他根据这孩子被抓的时间，我是说特派员根据这孩子被抓的时间，判断她父母与一个妹妹都在混战中身亡了。他还有这孩子的叔叔威尔汉姆·里昂伯格和婶婶安娜·里昂伯格留下的证明文件，他还给了我一枚价值五十美元的金币，要我把她送到卡斯特罗维尔。金币是孩子的亲人托圣安东尼奥往北调职的一个少校带给特派员的，要求他交给送孩子回家的人。我说我能带她出印第安领地，渡过红河，但并不轻松，差点就淹死了，就在昨天。

上尉说，今天水位又涨了两英尺。

我知道。布里特用脚一下下地踩着篷车后面的拖车把，后车框上的飓风应急灯闪烁着火苗，仿佛照亮墓穴中一个异种的生物那样，犹犹豫豫地照亮着车内的人。

基德上尉摘下帽子，抖了抖帽上的水。布里特·约翰逊已救过至少四个红人[1]俘虏。从科曼奇人手里，从基奥瓦人手里，有一次，甚至从北边堪萨斯州的夏安人手里救出过一个。布里特自己的妻儿在六年前，也就是1864年也被掳过，是布里特自己前去救了出来，谁也不知道他有什么神通，不知他得了什么天佑，每每独自驾马进出危机四伏的红波平原，都能全身而退。布里特把营救人质视为己任，但就连他这样精明强健、身手敏捷、仿佛午夜中盘旋的夜鹰的人，面对五十美元金币的高额报酬，也不愿把这孩子送还给她的家属。

你自己干吗不去？基德上尉说。都走到这里了，五十美元的金币可不是小数目。

我想着到了这里就把她托付给别人，布里特说。从这里到她家还得再走三周，回来又是三周，我又不往那里运货。

他身后的佩恩特和丹尼斯都点了点头。两人的手臂包裹在帆布涂蜡的雨衣袖里，交叉在胸前。雨水仿佛一

1　红人（Red men），即北美原住民，因肤色发红得名。

条条长爪印，抓挠着出租马厩的地板，在灯光下仿佛某种会发光的污渍。钢镚儿大小的雨滴打击乐器般砸在棚顶，使整个棚子颤抖着。

瘦得像蜘蛛一样的佩恩特·克劳福德说，要是送她，咱们就整整六个礼拜都赚不到钱了。

除非回来时能找到有人往这边运货，佩恩特说。

闭嘴，佩恩特，丹尼斯说。你在那边难道有熟人？

行啦，别嚷嚷，佩恩特说。好好说，我能听见。

布里特说，就这样吧，我不能这么长时间放着货车不管，还有别人订的货要送。再说，要是被发现我带着这孩子，我就惹上大麻烦了。他紧盯着上尉的双眼说，她是个白人，还得您来送。

基德上尉伸手在胸兜里掏烟叶，但没摸着。布里特卷了支烟递过去，又用大手挡着风划燃了火柴。基德上尉没有在战争中失去过儿子，因为他只有女儿，两个女儿。他了解女孩，虽然不了解印第安人，但女孩他是了解的，他看得出面前这孩子的脸上流露出的表情是轻蔑。

他说，你应该找个顺路要去那里的人家，布里特，让她沉浸在他们的亲切与明朗中，顺便加强加强礼仪教育。

好主意，布里特说，我也想过。

那怎么——？基德上尉呼出一口烟。孩子注视着男人们的脸与手，烟雾不能扰动她的视线，没有什么能扰动她的视线。她颧骨上星星点点撒着雀斑，十根小胡萝卜似的粗短手指，留着短指甲，甲边嵌着油泥。

找不着啊，找不着能托付这桩事的人。

基德上尉点点头。你以前也送过女孩嘛，他说。布莱尼家的，你把她送回来过。

那次的路没有这么远。另外，这条路上我没有熟人，但您有。

哦，我懂了。

基德上尉曾在圣安东尼奥生活过，与当地一位名门之后结了婚，认识那里的人，熟悉那里的路。得州东西两部本就有许多自由黑人，从事货运、边防。内战后，美军第十骑兵团更是全部由黑人组成。然而，许多人心里对黑人解放仍感不平。一切尚在动荡，仿佛焊接时两种金属间的助焊剂：充满了不确定性，火焰在此一触即发。

上尉说，但你可以托军队护送她呀，人质本来就归他们负责。

他们现在不管了，布里特说。

你要是没碰上我，又怎么办？

这我还没想好。

我刚从波伊镇来，本可以南下去杰克斯波洛的。

我们进镇时，瞧见你的海报了，布里特说。这是老天注定的。

最后再说一句，基德上尉说。她干吗不留在印第安人那里呢？谁俘虏的她？

基奥瓦人。

布里特也在抽烟，蹬在拖车把上的脚不安分地扭动着。他从鼻孔里喷出一股幽蓝的烟雾，瞥了孩子一眼。孩子也回瞪他。两人仿佛不共戴天，怎么也不肯把怼在一起的眼神挪开。雨水无休无止地浇在地上，溅起嘶嘶作响的水雾，威瀑县县城里每一户人家的屋顶都被四溅的雨水模糊了。

然后呢？

布里特说，基奥瓦人不要她了。他们总算明白过来，带着白人就甩不掉骑兵团。特派员让他们交出所有俘虏，不然要减他们的粮，还要派十二团和九团去打他们。他们就把她交出来了，换了十五条哈德森四线条纹毯和一套银餐具，德国银打造的，他们要拿去打镯子。把她换出来的是阿匹利安·克劳的队伍，她母亲砍伤了她的双臂，哭声传得可远了，一英里外都能听到。

她有个印第安母亲？

是，布里特说。

你当时在？

布里特点头。

不知道六岁时的事她还记不记得。

不记得，布里特说。她全忘了。

孩子依旧纹丝不动。正襟危坐这么久，实在挺累的。她坐着的那捆军装包在粗麻布里，拿炭笔写明送往“贝尔纳普堡”。她身旁堆着成箱的珐琅脸盆、铁钉和泡在油脂里的烟熏鹿舌，一台装在木条箱中的缝纫机，外加合五十磅的袋装白糖。她圆圆的脸在灯光下显得平坦，没有光影，也不柔软，仿佛木雕。

不会说英语？

一个字也不会，布里特说。

那你怎么知道她全忘了？

我儿子会说基奥瓦语，以前他也被掳走过一年。

哦，好吧。基德上尉的肩在防风雨衣下耸了耸。这件雨衣，与礼服、背心、长裤、礼帽和笨重的雨靴一样，也是黑色的，里面是精白棉布衬衫，上绣白丝里拉琴，这件衬衫过了波伊镇后还没有机会再煮洗、漂白、熨烫。它已经坚持得太久了，袖子、领子等处都起了毛边。这并非大事，但也让上尉感到不快，就像许多其他的小事一样。

他说，所以你儿子同她搭上话了。

对，布里特说。能说的都说了。

他现在还跟着你？

对，跟着我比窝在家里强，他在外头反而表现好，掳去的人们回来后全变了，我儿子一开始还不愿跟我回来。

是吗？上尉露出惊讶之色。

是的，先生。他在努力成为印第安武士，还学了他们的话，他们的话可难学了。

他在他们那里待了多久？

不到一年。

布里特！这怎么可能？

我也不懂。布里特吸上一口烟，倚住篷车后框，转头看着黑暗中的马厩，马与骡活动着磨盘般的牙，咀嚼着、咀嚼着，踢踏着加农炮弹般结实的蹄子，因草末骚扰了鼻孔而不时打着响鼻。谷物与上了油的皮马具散发出怡人的香气。布里特说，我也不懂。反正他回来后人全变了。

怎么个变法？

他讨厌屋顶，讨厌室内，也静不下心学写字了。他本来胆子很小，回来后突然硬气起来。布里特丢下烟头，一脚碾上去。反正一句话，这孩子，基奥瓦人不要她了。

基德上尉知道，布里特之所以放心把孩子托付给他，是因为他是个老人。

唉，他说。

我知道你有办法收下她，布里特说。

有是有，上尉说。但是——

布里特的皮肤原是马鞍的棕色，但冬季多雨，好几个月没晒着太阳的他，眼下的肤色没有那么深了。他从穿得走了形的短夹克兜里掏出金币，金币闪着阴郁的光，由八枚二十二克拉西班牙古币打铸而成，币边只略经打磨，还未精加工，这可是一大笔钱呐。自从得州金融崩溃后，外界消息和硬通货就成了两样稀缺的东西，大家一分一毛地攒着钱，能数数分币、毛币就已喜出望外。尤其北得州红河沿岸，因为与印第安领地接壤，灾情更甚。

布里特说，这是她亲戚托人交给特派员的。孩子的爸爸叫詹，妈妈叫格雷塔，已经在基奥瓦人捉走她时被杀。拿着吧，他说。提防着点这孩子。

在众人的视线下，孩子仿佛晕倒了似的，从货箱与麻包上出溜下来，还用毯子盖住了头。她不想再让大家盯着她看了。

布里特说，今晚就让她睡在这里吧。她没有别的地方可去，这里也没有她能够得着的武器。他摘下车框上的灯，倒退几步，说：千万要提防。

药泉

威瀑县上的女人贡献了一条蓝黄条纹连衣裙、一些内衣裤、羊毛长筒袜、蕾丝领口睡袍和一双凑合能穿的鞋，但无法为她穿上。她们不愿对这手臂上满是伤疤、像瓷娃娃般瞪着一对眼睛的瘦小的孩子动粗，不想跟她发生肢体冲突，再说她还有虱子呢。

最后，上尉不得不把她带去洛蒂妓院。洛蒂的女人不仅勇敢，且有男子气，她们跟在部队后头打过仗，内中还有许多坐过牢的，动起粗来自不在话下。她们用了两小时将孩子按进浴缸里洗澡、使她放弃身上的基奥瓦服饰。一个女人扔掉了她的玻璃珠串、鹿皮筒裙和那串值钱的马鹿牙。她们还扯下了她乱发上的羽饰，羽饰上爬着虱子。

她们将她的头按住，用水瓶里的热水浇透，又用蓝肥皂擦她的头皮和身子。她与她们搏斗，作为一个十岁的孩子，她出奇的敏捷，也出奇的瘦削，但力气极大，浑身都是肥皂泡，水和皂液溅了一墙。浴缸翻倒，水透过地板缝隙洇湿了楼下接待室的天花板。孩子蜷缩在地上，用无神而透明的双眼注视她们，身上的水晕开了墙纸上的红墙粉。她的头发像浸湿的丝线，贴在头皮上。她们在打斗中为她穿上了内衣、裙子、长筒袜和鞋。

她们将她赶了出去，从此两不相干。长筒袜是湿的，所以没能拉整齐。雨水注满了街道，将一条条宽宽的车辙，浇注成了一片片长条形的湖泊。上尉牵着她木雕般僵硬的手走回出租马厩。她没有提起裙摆，也许是不懂怎么提，或觉得没有提的必要，或干脆没有想过这个问题。到达马厩时，裙摆已带上了好几磅红湿泥，她低低地埋着头，发出仿佛被扼住咽喉的声音。他发现她在饮泣。

基德上尉从出租马厩买了一辆弹簧马车。他花掉了那枚西班牙金币。买到这辆车可以说是件很走运的事。这是一辆观光马车，车体刷着墨绿的亮漆，两边用金色字母写着“药泉，得州东部矿泉水”，他怎么也想不出这辆马车是怎么从休斯顿附近远道而来到这个坐落在红河畔的小镇的。一定有一段不为人知的故事已就此失传。这是辆看上去特别精神的小马车，左右各一排座位，好让去药泉的游客们在路上对坐。车上竖着柱子，支有顶棚和侧帘。这种程度的遮盖在恶劣的天气里显得单薄，但他也没有别的办法了。

如果能走到卡斯特罗维尔或圣安东尼奥，他准备就在那里把车卖了。眼下，有这么豪华的弹簧马车，就不怕路上的崎岖与颠簸了。他那匹载货的花鬃母马可以用来拉车，自己则可以骑那匹上了鞍的黑鬃枣红马跟在后面。

这样一来也方便他看住她。要是知道她的基奥瓦名字就好了，叫她乔安娜好像没有什么作用。她不可能知道这个从《申命记》[1]里取来的名字。

基德上尉换上短上衣、牛仔裤和一件前襟加厚的双排扣衬衣，戴上那顶赶路时戴的帽檐不平的旧帽子，将自己念报的行头仔细叠好收进绒面旅行袋，又将念报时戴的好帽子收进铁帽盒，牛仔们叫它“帽罐子”。年轻人可以随便些，但老人不修边幅就会被人当成叫花子，而每逢念报，他都必须展现出权威与智慧。

他将报纸、刮刀、小肥皂、泡沫刷和装有火药、弹夹、火药捅子与弹簧填药器的弹药匣打包，把火药枪和买来的罐装黄油、牛肉干、培根、两张羊皮、一盒医疗

---

1 《申命记》(Deuteronomy)，是《圣经》全书，也是《希伯来圣经》的第5本书，共34章，记载了以色列子孙的前景、他们在约旦河的对岸会遭遇的困难和摩西向百姓提出的最后训示。

用品、一筒面粉、几瓶水、一盏蜡烛灯和一些蜡烛还有一架小炉子一起，都扔进“药泉”马车车底的货仓，又把他的报刊夹和一张不怎么用的得州交通图扔了进去。最后还扔进了马靴、马鞍和毯子。他将孩子抱上车，双手示意她“待着别动”。然后转身去找布里特。

他们的车停在一间杂货店前，丹尼斯与佩恩特正在调整两辆马车上装的货物。布里特的儿子也在，他干起活来十分麻利，不时紧张地朝他父亲的方向看一眼。丹尼斯看着他装车。他们此行要在小威奇塔河的上游过河，如果车头太重，车就容易沉。拉车的马都是黑鬃大红马，都是些好马。

基德上尉说，布里特，现在哪些路通着？

布里特爬上一架货车的驾驶座，与自己的儿子坐在一起，丹尼斯则掌着另一架货车，佩恩特坐在丹尼斯的身边，满足地抽着雪茄。北得州春末，低沉而不安的天空里，飘着蒙蒙细雨。

布里特说，上尉，您可以顺着红河往东走到西班牙堡，他们说那儿还没遭水淹。从西班牙堡往东南能到威瑟福德和达拉斯，得尽快走到交易站，立即离开红河，因为水位还在涨。到了威瑟福德再到达拉斯，您再打听马里迪恩，上了去那儿的路，您再往南。

太好了，上尉说。多谢你。他想到了自己的孤独，想到了枯燥贫瘠的生活，也想到那瓦斯般不平稳的情绪。他重复道，到去马里迪恩的路再往南。

布里特的举止有军人气度，他眼神锐利，是做过好几个月侦察兵的人。他坐在高高的马车上俯下身，伸出自己的手。

先生，让我瞧瞧您的斯洛科姆枪。

基德上尉撩起帆布旧工装，从后腰摸出那支转轮枪。枪把冲着布里特，递给他。水滴从他光着的手上滴落下来。

布里特翻过枪身细看。他说，上尉，这东西跟我十岁那年圣诞节收到的礼物差不多，装弹孔不准。布里特将枪放在一边，拔出自己的史密斯威森牌手枪递给面前的老人。算我送您的，他说，您把她带走，我欠您的情。他说，您还带了什么防身？

一把二十号口径步枪。基德上尉忍住微笑，保持严肃脸。任凭这个一身新潮装备的年轻人来照顾老迈的自己。

留神您的右侧。

我是左撇子。

那正好。[1]

1　此处应该是因为在赶车时使用步枪，右侧不在自然射击范围内，所以要上尉留神右侧；但如果是左撇子，则右侧又正好是自然射击范围。这与步枪的持枪方式有关。

基德上尉举手与他们相握，然后目送他们远去。两架长条大车上满载货物，黑鬃大红马倾全力倚进脖套，大口呼着热气，直到背脊上拉车的皮带绷得紧紧的。车轮在红土地上缓慢启动，车辐一条跟着一条动了起来。丹尼斯扯开高亢尖利的嗓门，冲着大马喊：驾！驾！布里特手持缰绳站在驾驶座后，倚住驾驶座，宽帽檐上疯狂地倾泻着雨水，唤着自己车上这两匹马的名字，鼓励着它们。终于，两辆大车以常人步行的速度动了起来。

上尉也从车杆上解下长长的缰绳。一开始，载货的母马还很不乐意，在让它讨厌的车套里蹦跳，不肯就范。最后也向前拉起来了。

上尉喊，我对你不好吗，梵希？哪天饿着你了？哪次不给你上新掌？快拉，小蹄子。

一些人悄悄地站在各自的门口观望他们离开，见到孩子脏乱的发辫，见她新到手的裙子已经溅上了红河的泥水，裙摆已为铁锈色的泥浆所玷污，见这十岁的孩子跟着一个老头子离去，全都摇起了头。还有一束目光也在其内，它更为隐秘，仿佛贪婪地玩味着什么，它来自一个颈中扎着蓝花领巾的金发男人，男人抽着烟，烟雾从鼻腔里飘出来。

布里特的两辆大车往南，顺查尔德斯大街，去小威奇塔河下游，上尉与孩子往东去西班牙堡。车轮滚滚，带起的泥水甩出弧线，在大车两侧溅出许多波点。上尉与乔安娜将穿过十字林地去往西班牙堡，接着南下达拉斯，再从那里往南继续走四百英里，抵达圣安东尼奥郊外流着平直徐缓的冲积河、长着苍天橡树、住着憨直悠闲的村民的灌木丛生的布拉萨达。

金发男人任雪茄头落在水塘里。他身边是那两个从卡毒部落溜出来的人，在流亡过程中，两人积案累累，不但学到了关于人类的各种古怪知识，而且了解了将暴力与威胁施加到他人身上时，人们可能说什么以及有哪些反应。这种知识虽然无用，却丝毫不妨碍他们的兴趣。

信息传递者

上尉是随佐治亚民兵队迅速晋升的，那场始于1812年的战争，一直打到了1815年，当时上尉年仅十六岁。民兵队跟随杰克森少将一路向西打到阿拉巴马蹄铁湾战场时，杰弗森·凯尔·基德不过是个无名小卒，还曾举手表决支持汤普森做上尉。当时，他们坐在佐治亚乡间一堆堆的火车轨道上，被山峦环抱，那是出征的前一天。日用品、武器、弹药和个人用品已集结完毕，马匹也都备齐了，众人这才意识到还得选些长官出来，意识到原来部队需要长官，意识到原来得口称“是，长官”“不，长官”，得行军礼、有军风。去年选的长官中，两个已经站不起来，三个调去了田纳西。因为不明白中士与下士都派什么用场，大家决定这两个位置不选也罢。基德是土生土长的佐治亚山里人，思维与言语都是山人习气，习惯和口音也早已不可更改。表决时，他选了汤普森。

1814年3月27日，他在蹄铁湾战役中被击中右股外侧，腿上留下一条长长的血肉模糊的烙印，粗布裤上被撕出一道长长的口子。当时的他已随佐治亚民兵队在河湾南岸加入了准将卡费的部队。他们才刚拆了间木屋，拿木材临时搭了个掩体。他一开始还不知道自己已经中枪，正趴在两个同乡中间，透过掩体朝对面开火。有只煮皂大鼎正好从火堆上滚下来，对面克里克人（也即穆斯科格人）和乔克托人的子弹不断打在鼎上，叮当声不绝于耳。于是，从前方往后方掩体爬回来的汤普森上尉的声音，就谁也听不见了。

终于，舍尔曼·福斯特对他大喊，杰夫，杰夫，那是咱们的上尉汤普森！

塔拉普萨河对岸，克里克人的红棍军一直全力瞄准小屋与煮皂大鼎射击。基德这才发觉敌人的射程内还包括了汤普森。红棍军的武器不过是些滑膛枪，但这些点72口径枪炮的杀伤力丝毫不比来福枪逊色。从河这边看去，对岸敌军的枪膛个个有车辕那么长。他把燧发来福枪的扳机用领巾一包，放在沙地上，摘下背上的牛角火药罐与火药量勺，扯下腰间的弹头盒，匍匐前进，去捞自己的上尉。虽然已是三月末，阿拉巴马的烈日依旧炙烤着大地，河水被烤得仿佛流动的液态金属。因为无风，硝烟悬浮在中空。汤普森已经没有任何气息，他干吗爬出去，又为何爬到了掩体外面？万物呈现着一种烤饼的颜色，一种太阳黄澄澄的颜色，一种硝烟中硫黄的颜色。

他从两块倒塌的木板间钻过去，伸手够向汤普森耷拉在一边的胳膊，子弹打在地上溅起黄沙，仿佛引爆了埋在地下的一个个超小型地雷。枪弹如雨。他继续伸着一条胳膊，任它被打得鲜血淋漓，任衣袖被打烂，总算将汤普森拉回到堆在一起的木板后面。他拽着汤普森走，将汤普森拖过一面破镜子、一本月历和几把勺子。他的靴跟带起几页月历纸，揭过了四月、五月和六月。

被拖回掩体后的汤普森上尉已气息全无。将一个人翻身、检查其生命迹象，这是多么奇怪的体验。没有生命迹象。上尉的喉头中了枪。你整天去了哪儿，兰多我的儿？哦妈妈，请快为我铺床，因为我心悲伤，只想躺到床上。他从小听这歌，现在才明白它真正的意思。他撕开汤普森的军装和衬衣，他看见他的生命正不断溜走，不断溜走。

你中枪了，舍尔曼说。你自己瞧，你中枪了。

我中枪了？刚满十六岁一个礼拜的杰弗森·凯尔·基德仰倒在黄土地上，低头看了看自己的身体，看到了褐色粗布裤与方头皮靴，看到了自己竹竿一样的细长腿，也看到了右股外侧洇得越来越大的一片红色，粗布纵横的麻线都打进肉里去了。我没事，他说，这没什么。

过后，为了把他的髋骨和裆下整个包扎起来，大伙不得不扯下了他的裤子。这固然令人难为情，但伤口恢复得很好。

他被选为中士，因为据说队伍里需要这么个人。舍尔曼升任少尉，赫泽凯亚·皮特顶替汤普森做了上尉。基德就这样领受了一个自己一无所知的军阶。

战役后，他坐在美军三十九炮兵团长官的帐子里，询问中士的职责，还做了笔记。他很想好好表现，很怕出错。大家取笑他，一个还不足二十岁的小伙子，居然被选成了中士。部队就是这样。他们笑他说话的样子，他们都是些缅因和纽约州人，说话带口音，什么“户四”“防两”“笑颓”。为了不叫人家看出自己一头雾水，他把头压得鼻尖都快贴到本子上了，终于猜出了他们说的原来是“护士”“房梁”和“小腿”。

他工工整整写下中士的所有义务，因为这个世界很注重书面信息。行动汇报，侦查地图，书记职务，这些都是书面信息。接着，佐治亚与田纳西民兵队与政府正规军一起向彭萨科拉开拔。他们所处的位置，百姓们叫它阿拉巴马，美联邦政府叫它密西西比。

由于适龄，且在蹄铁湾战役中表现良好，基德被调往第三十九宪兵司令部。他们需要他这样的人，一个高大的白小子。去往彭萨科拉的行军路程十分漫长，他们在阿拉巴马山区的南麓行进，下到莎草地，穿越蒲葵林，倒卧的蒲葵恰好处在刮擦他大腿伤口的高度，每一棵上都裹着带刺的绿藤，每一英寸藤条都长着尖刺，部队乐师一路拿D调爱尔兰哨笛气喘吁吁、一遍又一遍地吹着《磐石碾碎一切》与《一小口白兰地》。到了彭萨科拉，部队派他去押送囚犯。他很不喜欢这差事。

他认识了所有审讯工具，掌握了英国囚犯间相互沟通的密码，学会了如何运用摔跤动作中的"拇指锁技"来控制负隅顽抗的犯人、如何使用手铐脚镣、如何在酷暑的佛罗里达湾沙地确保囚犯不热死。不出几个月，他就说动了别人把自己从宪兵司令部与司令的管辖下调走，调到通讯部队，成了一名通讯兵。

就这样，他终于干上了自己喜欢干的事：携带文件在南方的荒野中独自穿行，消息、命令、地图、报告。杰克森部队与海军不同，除了通讯员，没有别的信息通道。基德上尉身高六英尺开外，长了一身长跑健将的肌肉。他肺活量大，对道路又熟。他出生在佐治亚州蓝岭山的球地市，连续长时间徒步对他来说只是小菜一碟。

那时，他有一头棕栗色的长发，在脑后扎着个小马尾。对他来说，无需关心手中文件的内容，其所包含的讯息与指示也跟自己毫无瓜葛，就这样单纯地传讯于一个个军部之间。没有什么事比这更自由、更无挂碍、更让他快乐的了。他跑到杰克森少将麾下背白色交叉子弹带的田纳西正规军外围，在军帐里对副官行个礼，听取指示，再将文件往包里一塞，就又能出发了。

奔跑令人轻盈，因此是一件乐事。他觉得自己像一面飘扬的旗帜，印着皇标，印着托付给自己的重要消息。通讯部队给他发了一枚银胸章，他在上头抹了猪油、撒了尘土，好让它暗淡无光，不在他跑步穿越山丘、沙地和海岸边的蒲葵林时暴露他的位置。部队给他配了支燧发枪防身，但他嫌重，且鹅脖形扳机不是钩住这里就是挂住那里，于是他干脆卸出弹药，把枪装在了包里。

他躲过摩拜尔半岛布尔堡的枪炮攻势，将消息用皮囊背回，有时步行，有时骑一种名叫“塔基”的佛罗里达小马，穿越佐治亚战线去往坎伯兰岛。两年的时间在他携带讯息独自往返于佐治亚与阿拉巴马乡间的日子里飞逝而过。有一回，他累得在木屋边一只装草木灰的大桶里睡着了，醒来时发现自己连木桶一起被移到了农舍大院里，周围全是英国佬。他原地不动地待到正午，直到大家都走了。一旦被发现，他们一定会把他击毙在木桶里。

每当想起这两年的生活，他总感到不可思议，仿佛一个人被赋予了自己命中注定的生活、授予了自己一直想承担的任务。虽然这任务貌似古怪，这生活脱离寻常。当它结束时，他毫不惊讶。这样完美的好日子，是不应该长久的。

他本来打算去西班牙占领区，但因母亲孀居，两个妹妹无依无靠，必须由他供养，故无法成行。他对婚姻极为慎重，有两次因为过于慎重，导致对方把他的情书全数退回，嫁给了别人。他在梅肯一家印刷作坊学徒期满后，母亲死了，两个妹妹也终于嫁了出去。后来，桑塔·安纳打下圣安东尼奥，在阿拉莫一把大火烧了崔维斯和他的部队，又在圣哈辛托遭到鞭刑后，他才去了得州。

他所参与的第二场战争，发生在总统泰勒与墨西哥之间。当时杰弗森·凯尔·基德已年近五十岁，早已在圣安东尼奥安顿下来，成就了自己的婚姻，且在拉伊斯拉广场（也被称为主广场）一幢属于一位名叫伯兰霍姆的律师的新派大楼底楼开着一间印刷店。他找来字母带有变音符的铅字，找来颠倒的感叹号与问号[1]。为了能从当地天主教区接到传单、大报的订单，他专门学习了西班牙语。大到《圣安东尼奥报》、小到干草市场与理发店，

1 拉丁语系如法语、意大利语与西班牙语中，许多字母的上面带有变音符号，问号和感叹号也不全像英文与中文中这样，而是颠倒过来的。

都经常与他有生意往来。

上尉携着背囊，背囊中装着报刊夹，报刊夹里插着各种报纸，在得州境内游走的时候，经常想起自己的妻子。想起初见玛丽亚·路易莎·贝妲科尔特·伊·李尔时的情形。他是那时才明白过来的：原来想象与真实的触摸可以同样真实，原来会见一个人，并不等同于单独与她会面。她出身于一个西班牙的古老家族，见她必须正式安排。人脑有一种回溯的自主机制，不为意志所左右。对妻子的记忆总是带来一种空洞、难以弥补的失落，故此他总是提醒自己不要沉迷于回忆，然而没有用。她曾沿索尔达德道追一个骑沙色大马的送奶工，这位叫波利卡尔博的送奶工骑过她门前忘了停下。波利！波利！她跑得掉了一只鞋。她的眼睛是灰色的，仿佛烟雨，头发密密地卷曲着。她的家是赫赫有名的贝妲科尔特大院，位于索尔达德道与多乐罗莎道口，那是“忧伤”与“孤独”交会的地方[1]。

上尉从自己的印刷店里走出来，一把拉住沙色大马的缰绳。波利，别跑了，他说。有位小姐[2]在追你呐。他就这样一发不可收拾地想起了她流苏饰带上的每一粒珠

---

1 索尔达德（soledad）与多乐罗莎（dolorosa）分别是西语中“孤独”与“忧伤”的意思。

2 原文为西班牙语。

子，想起她利用他保持平衡，将小脚塞回鞋中时搭在他手臂上的手，想起了倾倒进她奶罐中的温热的牛奶——它带着牛的气味，带着奶牛爱吃的白花马鞭草的气味，这种草生长在卡拉马里溪畔，也想起了她灰色的双眼。

他于是成了一个妻子的丈夫、两个女儿的父亲。他热爱印刷，觉得向世界传递消息本身就是一件好事，无论消息的内容是什么。他有一台斯坦霍普活字印刷机，店里的窗户每一扇都高达九英尺，光线充足，适于排字、装盘与排版。墨西哥战争爆发时，上头不管他年纪已大，依然征他入伍，让他负责组织泰勒军队的通讯工作。他们给了他一块便携印刷板，用来印军令，那是他见过的最小的便携印刷板。他印好泰勒将军的命令，交给得州骑警司司长沃克，再由沃克的骑警，在墨西哥湾的伊莎贝尔堡与马塔莫洛斯以北格兰德河畔的军队驻地间策马传送。

有一次，泰勒的一个机要秘书向他提出过一个想法，说可以放一盏热气球去监视阿利斯塔将军的战线，顺便播撒传单。结果有人提醒说，枪法准的人一枪就能把热气球打下来。又有人指出，墨西哥军中兵士大多不识字。幸亏一位中校的介入才彻底终止了这场讨论。永远不要低估美军的创造力。

泰勒升他做二连的名誉上尉，方便他管理通讯兵，领取纸、墨、马等所需物资。他在1812年战斗中的表现成了他此次晋级的敲门砖。从此以后，他就成了人们口中的基德上尉。

在帕尔马牛轭湖战役中，阿利斯塔的一颗十二磅炮弹射穿了军帐，将一张距他仅三英尺的桌子炸成了碎片。灯油四溅，在帆布军帐的内侧点缀上无数透明的小点。一名少校的颈部被炸出的木头刺穿，呆立原地。这衣服的领子也太紧了，他说，说完就晕了过去，却奇迹般地活了下来。

他听过美军冲过阿利斯塔防线时对方发出的“卫兵！警戒”的呼声，也目睹过他们满载战利品回来时欢呼雀跃的模样：墨西哥将军的银餐具，他的写字台，坦皮科的有色人种战士。没有战利品的战争有什么意义？击垮敌人，掠走物资——这是为兵之本。

他又跟着泰勒的队伍来到蒙特雷以北高山地区的布埃纳维斯塔。墨西哥军狙击兵与阿帕契族原住民的子弹从格兰德河起便轮番向他们射击，一路枪林弹雨。部队配给上尉一把1830年款的春田步枪，这种枪他从小就用，因此十分熟悉。他趴在平板车里对着硝烟射击，希望自己打到了不止一个狙击手。正值1847年2月中旬，在一个墨西哥小镇外的山里，空气稀薄，部队篝火的炊烟笔直飘向静谧的空中，年轻的战士们想听蹄铁湾战役的故事。他们想将自己的表现与先辈做一个比较，想知道自己是否与他们一样当得起军人的称号，所面临的情况是否同等恶劣，所战斗的敌人是否同样狡猾、凶猛。

得州骑警司的骑警们一边聆听，一边靠在弹药箱上休息。这些青年个个镇定自如，行事雷厉风行，对恐惧为何物显然一无所知。墨西哥人恨他们，用自己的俚语称他们“猪”，不过如果他们自己也能派出这样老练、所向披靡的骑兵编制，他们也绝不会手软，然而事实是，他们没有这样的编制，这又能怪谁呢？

上尉从军以来还是第一回遇上这样的兵，竟会彬彬有礼地听一个老头说话。于是，在寒夜里的墨西哥星空下，他向他们说出了一切，至少是他愿意说的一切。克里克人和乔克托人都使滑膛枪，他说。而他们佐治亚民兵则带自己的来福枪，配米尼弹。他讲去彭萨科拉的路上，他们的篷车是如何陷进沙里，陷得有半个轮子那么深。讲他的上尉如何在战斗第二天就被打死，自己如何爬出去将他拖回掩体，却没能救得了他。然后长话短说，讲杰克森少将如何勇敢，战事如何疯狂。关于自己是否负伤的问题，他一直留到最后才回答。

哦，对了，我屁股上中了一枪，他说。没打到骨头，我一开始还没感觉。红棍军没子弹了，到后来抓着什么都放到滑膛枪里打，打中我的好像是一把勺子。

他停下来，他长裤膝盖的地方因为火烤而冒出了水蒸气，他的双手布满了墨渍。他现在配的是一把新型柯尔特转轮手枪，枪很重，挂在腰带上沉甸甸的。骑警们抽着烟，为帽子的阴影所掩护，静静地等着。因为年轻，他们的胡子像丝一般顺滑，但往脸上看，就会觉得似乎因某种人为的力量而衰老了。

他们向他索要一些智慧，一些建议。

有时候自己中了枪还不知道，这是正常的，他说。你身边的人也可能这样，要相互关照。

他们点着头，凝视着篝火，陷入沉思，假想自己正在一片陌生的土地上，与全然陌生的敌人作战，那时的军队沿袭欧洲风格，严正、肃穆，包括惯于赤脚的西美混血印第安人，在入伍后都必须佩戴领圈。他们真正的敌人是侯赛·马里亚诺·马丁·布埃纳文图拉·伊格纳西奥·内波穆塞诺·加西亚·德·阿利斯塔·努埃斯，此人不惜与自己的整个参谋部相左，狂热追随共和主义。墨西哥军队在尾大不掉的贵族与主张自由论的将军们的撕扯下，行将分崩离析。

故事讲完了，入夜后，当基德独自一人、熏蚊木也烧得差不多了时，他才想起自己应该把情报部的报告和司令部下达的文件给大家说一说。比如，应该说说墨西哥军高层面临的困境。如果人类能够了解世界真实的模样，也许就会放下武器，这样他也许就可以身处某个远方，单纯地做一个信息集散中心，这个世界也就会成为一个更安详、更宁静的世界。这是一个荒谬的信念，但他在四十九岁到六十五岁之间，曾对它深信不疑。

后来他意识到，信息并非人类的深层需要，说到底，人们想看的只是遥远的故事，是伪装成证据确凿的时事的神秘传说。而他，则像一名通讯兵，穿着抹满油泥的印刷围裙，将这一切送到人们手里。听故事的人，就会有片刻工夫游离世外，进入一个能够治愈他们的、仿佛药泉般的神奇世界。

不穿鞋的女孩儿

她唱着歌，走在篷车边上。*Ausay gya kii*，*gyao boi tol*。备战严冬，备战艰难时刻。她光着脚，走在马的旁边，小脚板像木头一样硬。像所有从不穿鞋的人一样，她的大脚趾也是笔直向前的。*Ausay gya kii*，她唱着。

在她看来，迎接自己的是一场灾难，自己正在前往的是一个荒芜而贫瘠的地方。围绕自己的滚滚群山间没有水牛，也没有峡谷鷓鴣啁啾地歌唱。这里没有基奥瓦人，没有母亲，也没有父亲。她彻底孤立无援，困在一件古怪的服装里，一条由蓝黄条纹布料制成的腰部紧束的连衣裙里。她被束缚在一件具有难以想象的妖术的东西之中，它仿佛某种牢笼，纠缠她的心脏，扼制她的呼吸，将她像一只拳头一样紧紧地捏起来，怎么也无法张开。

她手搭篷车车辕，边走边唱，因为这比饮泣要强一些。到处是红河谷特有的低矮、弯曲的橡树，枝干被雨水打成墨色，左右的风景摆脱了城市的束缚，自在地延伸。她不明白城市为何如此拥挤。她将两只鞋的鞋带系在一起，挂在脖子上，踏着铺满了路面的茸茸的湿叶。她准备在探明前路后，或是逃跑，或是绝食而死。那些人杀害了你心爱的人，他们也会杀掉你。生活在这样的人中间，活着是不值得的。特派员说她要去的地方才是她的故乡，根据他说话时脸上的神色看，这不像一句笑话。

上尉坐在篷车驾驶座上，衣领竖起，便帽的宽檐低低地压住前额。茫茫细雨飘洒在漫山遍野的星毛橡树上，树态奇突诡谲，任取一条枝丫，笔直的段落最多不超过六英寸。大路在红河南岸怪石嶙峋的山间起起伏伏，上了鞍的黑鬃枣红马帕沙被拴在篷车后的绳环里，轻松地溜达着，背上没有人，心里很高兴。载货的梵希现在被套在车辕之间，它已经适应了挽具，驯顺地拉着车，它痴痴地望着车道那边二月末新发的嫩草。红河仿佛一匹砖红的布，流淌在他们的左边。他拉住了车。

他示意孩子也停下。她在拉车的马边站定，紧攥挽具。死死盯住他，却不挪近半步。

看这里，他说着，拔出史密斯威森牌手枪，弹出转轮弹仓，让她看里面的子弹，又一抖手将弹仓复位。说，这把枪为了防身。他动作夸张地瞪视四周，做出警惕的样子，举枪向树，口中假作枪声，然后以夸张的、坦坦荡荡的动作，将枪放回驾驶座前左侧的地上。

她一动不动，只有眼珠跟随着他的动作。

这个呢，他说着拿出老式步枪，又弯腰从篷车车厢里掏出一把弹头。说，这个为了御敌，虽然鸟弹不多，但能打出很大动静。他端起步枪时，孩子面露疑惑，小心翼翼地看着，很快放下心来。他使步枪和手枪时用的都是左手，上尉将步枪枪口对着周遭扫了一圈，一双鹰眼眯缝起来，沿枪管望向远方。

他又把一切都放了回去，没有对她微笑。他知道，笑对她没有作用。她像一片落叶般纹丝不动。瘦瘦高高的他坐在赶车的位置上，眼睛定定地看着孩子，直到她突然点了下头。他觉得她其实早就明白了，只是不愿意面对自己将要与这个老人共同进退的事实。

他们继续前行。他思索着她乖戾的脾气，究竟是什么造就了这孩子的古怪性格？她身上找不到一点白人的影子，白人的脸是生动的，坦率的。他们不设防，他们说话伴随手臂的挥舞，站立时随性地东倒西歪，做事毫无顾忌。而她彻骨的沉默里却有一种神奇的力量，能令人忘记她的存在。她身上带有他见过的每一个印第安人都有的气质，一种静中有动的感觉，虽然她的头发是亚金色的，她的眼珠湛蓝，她的脸上有雀斑，而且只有十岁。

你，他指着她说。

她向侧边微微闪身，松散的焦黄色头发随着动作如波涌动。基奥瓦人从不用手指相向。从不。他们用枪管相向，用萨满木棍相向，萨满会把恶魔投入敌人体内。不会再用别的。这一点他不可能知道。

你，乔，安，娜，他说。你，乔安娜。

她上身微微趋前，仿佛这样就能听得更明白。她扶住花鬃母马背后的挽带，在生命的这一灾难性的转折中，马的浓郁的气味和它温暖的身体，是她唯一熟悉的东西。

上尉。他边说边指了指自己。

为了正视他，她侧过身横着行走，过了一两分钟，才意识到他手指的动作可能并无恶意。他总不至于要把恶魔也投入他自己的身体吧。一定不会。

他又试了一次，他右手持缰，稳稳地坐着，左手再次指向她。乔安娜，他耐心地解释。又做出鼓励的手势，静静地等待着。

她松掉挽带站住，两手向前平举，手心向前。他拉住花鬃母马。她在召唤自己的守护神灵，神灵告诉她必须在发间佩戴两支羽绒和一支金雕翎，这样神灵就能永远与她同在。她们把这些东西抢走了，把它们扔出了窗外。但她的声音，神灵也许还能听见。面前的老人希望自己说一些仿佛咒语的词，这些词是否害人还不能确定。

她说，吵啥哪（乔安娜）[1]。吐字时，她露出下排雪白的牙齿。

他又指指自己。上尉，他说。

唱喂（上尉）。她说。

他又指着她。

她一下子吓呆了，身体因为恐惧而凝固，但很快鼓起勇气，说，吵啥哪。

接着，他再一次指着自己。

她说，唱喂。

很好，现在，我们继续走。

他们在小威奇塔河上游，离红河入河口一英里的地方全速渡河。上尉将乔安娜抱到篷车里放下，松开帕沙的牵绳，让它自己跑。他找出露营用的割肉刀，连同刀鞘一起插进腰带，以便万不得已时割断梵希的缰绳。他们从入河前四分之一英里处开始小跑，入河的一刹那已成飞奔之势。乔安娜紧紧趴在座位上，汹涌的河水拍打

1　此后乔安娜说话总带有一些走音的字，因为原文中她咬字不清。

着车身上烫金的“药泉，得州东部矿泉水”字样。水流迫使他们放慢了速度，并逐渐牵制住小母马，进而也牵制住了他们的车。遥远的对岸，一群乌鸦突然嘶声鸣叫着飞起。泡沫在他们周围激荡，水中的腐质和浮屑在湍急的河面呈蛇形旋转。有一刹那，篷车浮了起来。花鬃母马稀溜溜一声咆哮，随之一沉，继而四蹄拼命蹬水，重新站起。它铆足了劲，蹬着河床，向对岸一步步走去，河水不断涌进车厢。帕沙生来胆大，跟在他们身后，毫不迟疑地下了河，奋力泅泳，在下游几码处浮出水面，还志得意满地昂了昂头。它扭动身体，打着圈甩掉一身河水，继而小跑着跟上他们，重新被拴在篷车后。又上路了，上尉仰头细听，听见一种持续稳定的“咔嗒”声。他下车检查了前轮，铁轮圈坏了一处。现在做不了什么，也许到了西班牙堡能找到铁匠。

那天晚上，上尉向她演示同马车一起买到的铁皮炉的用法。它比篝火冒烟少，尺寸有一口大枪匣那么大，带一根两英尺长的烟囱，能够把烟从他们面前导开。他关上炉门，拍了拍岿然不动的炉子：它敦实、黝黑，冷漠无情。

她完全不知道它派什么用处。

炉子，他说。火。说着，他给炉膛插上了管道。

她站在炉前，穿着黄蓝条纹连衣裙，赤着脚，浅蜜糖色的长发齐腰，为毛毛细雨所打湿。突然，她伸出右手向下沉，又扬起来打了个响指，仿佛开花一般猛然张开五指，露出坚硬的指甲和茧。

哦，对，上尉说。手语，这是火的手语。他知道一些平原印第安人的手语，便用手语表达了“是”的意思。

这个发现令人鼓舞。虽然有限，但两人至少有了一点点沟通的办法。

他教她炉子的用法——解释巴掌大的炉盖与鼓风轮的作用。他将篷车的一扇侧帘挂到歪脖子矮橡树与篷车之间，用来挡雨。她紧盯他的每一个动作，也许是出于恐惧，也许是因为她知道自己必须学会这些东西的用法。

马得了犒劳，都很高兴，凑着粮草袋把玉米粒吃了个饱。孩子站在小母马身边，一下一下地抚摸着它的一条腿，嘴里发出心疼的低语。母马年轻而健壮，但一条前腿有毛病，马蹄向内歪了那么几度，因此上尉买它时很省了一笔钱。孩子立即注意到了，当小母马与帕沙并肩吃着玉米粒，嘴里发出手动研磨机似的声响时，她就站在一边，轻轻地拍抚着那匹母马。

上尉在高高的熊草[1]丛中找到许多干木枝，又从自己

1　此处并非笔误，“熊草”属于百合科旱叶百合属，与百合花为近亲。

穿在里面的大衣口袋里小心翼翼地拿出火柴。他把每一个动作都做得很慢、很刻意。他点起火来。乔安娜警惕地看着，面带戒备。她凑近小火炉，望向炉膛，看见它吸入的空气令火苗更旺了。她小心翼翼地拍了拍炉子，又迅速将手缩了回来。

Pi tso ha！

是啊，他说。随你说的是什么吧，大概是"烫"，我猜。

他煮了咖啡，热了玉米包，煎了培根。她坐在橡树与篷车间的侧帘下，端着自己的食物，沉默了很久。最后唱了起来，仿佛对食物表示崇拜，仿佛培根是活的，而冒着热汽的玉米包则是来自玉米女神的馈赠。没有篝火投下阴影，但在汹涌的流云间仿佛正倒行着的一轮盈月投射了他们的影子。云卷云舒，奔涌向前。

上尉用玉米包擦着盘底。她也许会逃跑，但无处可去。基奥瓦部落在河对岸，而河流宽广汹涌，宽近半英里，翻滚着泡沫，流淌着能连根拔起一整棵树的铁锈色的洪水。她也可能拿起转轮手枪或步枪，等他醒来，也许已经到了另一个世界。

上尉把自己的老西班牙马鞍倒置于地，靠在马鞍里，头枕绒垫，又拿出《芝加哥论坛报》，借着灯笼的烛光翻阅。她裹着一床织满黑红菱形图案，名叫*jorongo*的厚毯躺着，用大大的蓝眼睛毫无表情地看着他。

他抖了抖报纸，说，芝加哥开了一条新的肉品生产线。牛从一头送进去，罐头从另一头送出来。很神奇，是不是？

她从不将自己的目光从他身上挪开。他知道她要防备着突如其来的暴力。基德上尉的阅历，不仅是年龄，也是战争经历造就的。他对她微微一笑，拿出自己的烟斗。他那一把老朽的骨头，从没有像现在这样，感受到了男性与生俱来的保护幼童甚至在必要时为他们去杀生的天性。这样的感触对有女儿的人来说尤其深刻。他曾以为自己已尽完了养儿育女的责任。至于这个孩子，只是因为找不到别人来送，自己才出于道义勉强为之。

你真是个大麻烦，他说。等我把你送到亲人手上，我就轻松了，让你去给他们添麻烦吧。

她的表情毫无变化，只用衣袖缓慢地擦了擦鼻子。

他翻过一页。说，这是文字，铅字，它告诉我们在这世上应该知道的一切，也教导我们要有求知欲。他瞥了她一眼。说，世界上有许多地方，有英格兰，有欧洲，还有印–第–阿[1]。他从鼻孔中喷出一股烟。大概不应该抽烟。它会留下几英里外就能闻到的气味。

印–第–阿，她低声说。她将指尖逐一顶在一起。

---

1 即“印度”发音。此处上尉发音缓慢。

他在毯子堆里躺下，为旅途中总是容易遇险的布里特祈祷，为即将应自己要求离开佐治亚，踏上艰难旅途且需穿越密西西比的女儿、女婿和孙儿们祈祷，为同样容易遇险的自己和乔安娜祈祷。

佑不完的人，历不尽的险。

他用帽子遮住脸，渐渐入睡。

会解枪栓的女孩儿

第二天，他们继续赶往西班牙堡。大路在红河谷底沿着河的南岸蜿蜒，往南一英里开外，地势拔起，形成峭壁。河流在久远的过去曾贴着那面峭壁流淌，冲开了陆地，几个世纪后，它像巨蛇一般从河谷的一边慢慢移到另一边。雨暂时停了。

上尉不希望她徒步，但她不肯上车，又不肯穿鞋。她一直看着河水，她知道对岸就是印第安人的领地。她的母亲在那里，父亲在那里，也许兄弟姐妹乃至整个亲族，甚至她已经定了亲的某个年轻男子，也都在那里。周遭的常青橡树有着烟囱捅子般黢黑弯曲而坚硬的树干。这里是实施突袭的好地方。要是有条狗就好了，出发前应该问别人要条狗的。

她停下脚步，举起一只手，目视前方。

他抖了抖缰绳，梵希也站住了。车后的帕沙将两只耳朵对准前方，突然发出警报般的嘶鸣。

基德上尉拔出手枪，再次检查了手枪里的子弹，都是干的。他将手枪放在座位前左边的地板上，用裹着帆布的半扇腌猪肉盖住，并重新回忆了点38口径子弹在篷车地板下储物仓里的位置。

少顷，他听见大约十四马以及它们嘴中的勒衔与身上的马鞍的声音。马蹄橐橐叩响石路，一队美军步骑兵出现在四分之一英里开外。

他跳下车，抓住孩子的手臂，在她面前用手语表达了“好”的意思。他们身处山中少数几段平坦笔直的道路，两侧有星毛橡树林夹道。军人们穿着蓝军装，皮带皮鞋簇新锃亮，突然从林中冒出来，真仿佛活见鬼。他转向她，做了个表示“朋友”的手语。她已面如土色，嘴唇微微颤抖。他将她领到车轮边，她踩着一条轮辐跳进车里，裙摆与长发翩然飞舞，沉入车中不见了。她将厚厚的*jorongo*盖在自己头上。他随她上车，坐在车夫的位置，从车杆上解下马缰。

没事，乔安娜。乔安娜？

他知道她一定以为他要把她交给军队了，以为在这里碰头是他们约定好的。

领头的是个中尉，他肩章上的两条杠在暗淡的光线中若隐若现。这么看来，这是一支正规军派到红河南岸防止过河侵略的巡逻队，虽然以眼下的水势来看，过河是不太可能的。他们都配着柯尔特海军型五连发转轮手枪，装在枪套里足有猪后腿大小，每人另配一把点56口径的柯尔特卡宾枪，这是乡野巡逻的标配。

中尉喝停纵队，引马近前，说了声日安。身后的十个兵全都踢掉了马镫，放松着膝盖，有几个抓紧机会拿起水壶喝水。队伍最后，载货的骡子发了疯似的冲他的马发出如火车汽笛般尖利的嘶吼。

日安，上尉说。

中尉望到车里，越过上尉看见躲在里头的孩子，她脸色惊慌，甚至可以说充满恐惧。她紧挨着上尉放转轮手枪的地方，悄悄伸出手，借着红色羊毛毯的掩护，摸到了半扇腌猪肉下的枪托。

这位年轻的小姐看来很不安，中尉说。语气带着惊讶与狐疑。

她是战俘，上尉说。我正要把她带回贝克萨县卡斯特罗维尔她亲人那里。说着，他掏出特派员的文件递过去。

让我瞧瞧她，中尉说。他检查了文件，特派员的字体工整漂亮，很容易读懂。他看了孩子的特征描写，大致身高、肤色，这才抬起头。他的肩章上闪着水珠。左侧，河水轰鸣，仿佛雷暴持续不断。他们透过树林就能够看见河。

我试试让她出来，上尉说着，稳了稳头上的帽子，跨过篷车座位，从她头上扯下红色羊毛毯。

乔安娜，他说。乔安娜。他拍拍她的肩。

呀，中尉看见孩子脸上空茫而野蛮的表情，很吃了一惊。她回家难道不应该高高兴兴的吗？

上尉站在乔安娜与中尉之间，说，她六岁就被抓走了，她以为自己是基奥瓦人。

原来是这样，那么，我希望你把她真实的身份告诉她。他坐在马鞍上，隔着上尉久久打量着孩子，又倾身将文件递回给上尉。你是那个念报的人。

我是。

你在贝尔纳普堡念报时我也在。

真荣幸。

我想你身上没带着宣誓效忠书吧？

没有。

既然你现在办的是公差，我想你是需要宣誓的。如果你自愿以某种方式协助盟军，你必须得办一份有效的效忠书。

我并没有投盟军的意思。

难道你的儿子与盟军为敌？

我没有儿子。

你身上有武器吗？

只有一把二十号口径的步枪。

让我瞧瞧。

基德上尉拽出那把老枪，扳动枪栓，兜住卸出的子弹。只是把打鸟的枪罢了。他站在篷车里，将枪递过去。乔安娜不知采取了什么办法，已几乎将自己细软的身躯完全挤进了篷车座位的下面，并再次用红色墨西哥厚毛毯盖住了头。她将转轮手枪拽到身边，眼睛盯着地板，留意着两个男人间的每一句话，以及他们说话的语气。显然，上尉不预备把她交出去。那个军人原先语气强硬，现在也软下来，更像是在聊天了。

填什么弹？中尉说。

七号鸟枪弹。

那可打不了什么，但也还凑合。中尉把枪递还给上尉。你没有来福枪或者手枪什么的吗？

怎么能有，上尉说着将步枪塞回篷车地板下。遇上科曼奇人的话会被抢走的。他拿出烟草往烟斗里填，他们还可能反过来打我呢，他说完，擦燃了火柴。

至于得州重建政府的腐败和身临火线的民众不许持有手枪这种荒谬的法律，我没什么好说的。

乔安娜听见上尉的语气带上了一种尖锐，仿佛在故意挑衅，她的双眼明亮起来。

是挺滑稽的，中尉说。他扫视篷车地板上的一切：给养物资、毛毯、小铁炉、报刊夹、一袋棒子面，一袋钢镚、一弹药匣的纸壳鸟弹和一把鸟枪，还有一小桶面粉。他瞥到篷车左边座位旁的半扇腌猪肉，又把视线拉回到面粉桶上，问，里面是什么？

面粉。

很好。我想他们会很快取消这条法律。人们需要随身携带手枪，总要自卫嘛。

哦不，没人需要，上尉揶揄地说。

中尉不再接茬，只问，那么，你们到哪去？

威瑟福德，达拉斯，然后南下卡斯特罗维尔，再去圣安东尼奥。

很好，路可不短呐。日安，先生。祝你一路顺风。

这帮狗娘养的，他说。你出来吧，乔安娜。你就像五月的花那样重新开放吧，他们不会给你上脚镣，把你扔进号子里去的。他一边抽着烟斗，一边抖着马缰。烟斗由高岭土凿成，雕成男人头颅的形状。在潮湿的空气中，呼出的烟雾不易消散，悬停在半空，他们的车渐行渐远，留下一团团烟云。乔安娜？

从他身后传来一个声音，唱喂。

别往我后背插刀，也别让我听见扳开转轮手枪击铁的可怕的“咔嚓”声，就让我们尽量顺利地挨过生命中的这一刻吧。

唱喂！

她轻盈地跳过赶车座的椅背，在上尉身边坐下。单手持枪，放在双膝之间，另一只手做了好几个手势，其中上尉只看懂一个“好”，还有一个似乎是“松开”或者“自由”之类的意思。她第一次笑了，但没有“谢谢”的手势出现。基奥瓦语没有“谢谢”这个词。人们知道自己做了好事，有了值得表彰的行为，对方一定会心存感激，没有必要费口舌，且基奥瓦语充满了色彩，词音仿佛音乐般律动起伏，本身就足以表示谢意。他将她从穿着一模一样的蓝制服、腰上的军配转轮枪足有猪腿那么大的人手中救了下来，对他的感激自不待言。他呵退了他们，救下了她。她歪着头看他，小圆脸上露出明朗的表情。

对，松开了，他说，自由了。他小心地从她手里拿下那把点38口径的手枪，扣上保险栓，重新放回座位左前方，盖上那捆腌猪肉。*她居然会解枪栓*，他暗自想道。他也冲她笑了笑，但面部表情过于僵硬，倒像是做了个鬼脸。

她的身体在束缚住她的陌生衣裙中扭动，终于调整好，坐定下来，朝红河谷湿润欲滴的土色世界轻轻露出似有若无的微笑，或者不如说只是抬了抬金色蓬松的眉毛而已。还用基奥瓦语高兴地说了句什么，*我叫Ay-ti-Podle，也就是蝉。蝉声歌咏起，果实近旁生。*她转身招呼着佩鞍的黑鬃枣红马，甩了甩自己的头发，仿佛想将它也囊括进自己新得到的喜悦中。

啊，吵—啥哪，他低头对她说。毫无疑问，如果刚才那长官对她下手，她一定会立即给手枪上膛，一枪崩了他。

他说，你的亲人找回了他们的掌上明珠，一定会很高兴的。

唱喂！她朗声说着，拍了拍他骨节粗大的手。

吵—啥哪，他说。

西班牙堡位于红河湾中，离河一英里。红河是印第安领土与非印第安领土之间的界线。他们穿越乡野中一段犬牙交错的山路，沿路山顶的岩石仿佛雕塑，仿佛帷幔般翻卷着。在前往西班牙堡的路上，他们以步行的速度经过群山，观望它们，仿佛观望许多城堡。三月天的北部，一场暴风雨正在平原上慢慢成型。

向晚，两人到达西班牙堡镇。小镇还有个名字，叫“红河驿”。因为有两个名字，来此地的人络绎不绝。很久以前，这里或许是西班牙人防御的重镇，但如今早已不是。上尉紧拽缰绳，避让往来车辆。乔安娜一开始坐在车尾的一堆墨西哥*jorongo*织毯中，她紧紧地裹着毯子，把自己裹得像一座有着鲜艳的红黑色外墙的石灰窑。

上尉的观光马车在行驶间发出刺耳的杆件摩擦声，途中车轮与一架货车车轮发生了短暂绞缠，赶货车的人与上尉一起连同好几个路人才把两辆车分开。帕沙向后坐，拽着拴马绳使劲，好在绳子没断。此时，上尉的两条小腿已经沾满红泥，鞋带上结着厚厚一层红土。镇上各家各户都在准备晚饭，街上炊烟袅袅。

他抬头看二楼，因为起了风，大家都忙着关窗，还有些人在争吵，其他的就看不清了。有骑警两人一排从他身边经过，西北风强劲，吹掉路人的帽子，牵扯晾衣的绳子。城镇的喧嚣撕咬着上尉的神经，孩子的感受可想而知。他转身拍拍她的背，拍在厚厚的红色羊毛毯上，噗噗有声。她匆忙地看了他一眼，眼中充满惊恐之色。

镇子另一头有个用来停车的大谷仓，已经停满了所能想到的一切四轮交通工具。美军骑兵营就在不远处。他因此把车赶到了镇外一片茂盛的大果橡树林里停下，张起篷车的顶篷和侧帘，又用另一边的侧帘在车尾支了个天棚。他给梵希上了铃铛，把它与帕沙拴在一起，放它们去吃草。他站在那里出神地看着帕沙粗脖子上的曲线和它大大的眼睛。它是一匹和顺、沉着的马，是他在达拉斯一个马厩里遇到的。整整20匹马里，他独独看中它，且不得不立即转过脸去，因为如果卖主看到他的表情，一定会立即坐地起价，要到一百美元。

上尉看了很久，才抬出那桶面粉，又拿出装了点38口径子弹的弹盒，放在座位下面。

一切都很顺利，他对乔安娜说。他拍掉手上的面粉。来，亲爱的，你也做点事，帮忙把炉子升起来。

好，唱喂，好，好。

她依旧光着脚，直接冲到橡树下捡柴。头顶的闪电仿佛枪炮，在天空中向四面迸发耀目的光芒。西班牙堡内货车如织，到处是物资交易站。镇边的长角牛嚼着草，等待过河。帆布棚下，男人们焦虑地探讨着水位何时减退，商量如何将一众牲口渡到河对岸去，因为此岸的草一旦被吃光，它们就要饿肚子了。

小提琴手西蒙

基德上尉留下孩子给玩具大小的铸铁炉喂柴。他紧抓帽檐，走回镇上，找到看守共济会大堂的人，谈妥当晚来租场地的事。接着，又到镇上转了一圈，为赚钱做准备。倘若不是带着这孩子，他本不必在车里过夜，大可以租间带煤油灯和窗帘的房间，洗个盆浴，还能上餐馆吃顿好的。但要是把她带到桌前，端上晚餐，上帝才知道她会怎么吃。薄雾中，上尉将海报一张张钉到墙上，每张都钉上四颗图钉。长期以来的经验告诉他，只要少钉一颗，他的广告纸就会沦为狂风的猎物，吹到要列出购物单或其他急需废纸的人手里。

他碰上一个相识的小提琴手，西蒙·伯德林。后者坐在一家兼卖女帽与肉制品的商店橱窗前，用一只拳头支着脸颊，另一只腋下夹着自己的提琴，仿佛橱窗里的一个摆件，观看着窗外的世事。西蒙是个小矮个儿，但呈现出一种六英尺大高个儿才有的体态，他肩宽背阔，蜂腰窄臀，浓密的头发支棱着，脑袋看起来仿佛一颗褐色的刺球，他的脸上布满麻子，好像珠鸡生的蛋。西蒙握着弓头，将琴弓举起，叩了叩橱窗玻璃。基德上尉看见了，走进店内。

西蒙。

上尉。

今晚你拉琴吗？我准备念报。

在哪里念？

共济会。

上尉在橱窗前另一把椅子上坐下，将小锤子和小广告放在地上，用袖子擦着戴旧了的便帽。

不拉了，不必拉了，西蒙说。今天我已经演过，没必要抢你的买卖。他笑了笑。他左边掉了两颗牙，不笑时别人看不出，一笑起来，嘴唇两侧就挤出一左一右两个括号。他有时替人做木轮，有一回他镗轮毂时，轮子从车床上飞出来，砸中了他的腮帮子。你怎么来了？他这人话很少，除非有要紧话说。他是个善于聆听的人，听人说话时，头会像山雀那样微微仰起，此时他正是这样聆听着上尉。雨滴砸在窗玻璃上，有些飞溅出去，有些淌了下来。雨幕之外，人们在风中埋着头，颤巍巍地赶路。

我要去达拉斯，然后南下，上尉说。我从威瀑县来。

这么说你过了小威奇塔河。

对，我想布里特·约翰逊他们也过河了，他们直接南下了。看起来你不忙？

西蒙摇摇头。我刚给沃斯堡舞蹈学校的老师演过，就在这后头。他举弓指了指店后。本来是有人要弹吉他的，结果这个人拿教堂钢琴调音，定调定高了整整八度，调断了所有的弦。西蒙笑弯了腰。“嘣嘣嘣”“嘣嘣嘣”，一根接一根都断了。一般人早就明白过来了不是吗？西蒙用手揉着脸，想把表情压一压，不再去嘲笑那个可怜的吉他手。说起来，其实我很久很久以前也干过一次这种傻事。反正呀！他们就到造轮厂来把我叫去给他们拉琴了。你看，西蒙说着从裤腿上摘下一小片刨花。

那么，听我说。基德上尉突然想，说不定乔安娜已经逃到树林里去了，这么一想，他心里一下子感到不安。他看着自己脚上的靴子，腿上的裤子，污泥糊到了小腿肚那么高。店里有几个女人要买肉糜，一个男性店员正用大口径绞肉机血淋淋地绞着。店的另一头，一个姑娘则与她的同伴一起试着帽子。店的后面，更多年轻姑娘的声音传来，还有几个青年时而低沉时而因为突破了男性音域而尖利刺耳的声音夹杂其间。他们从后门鱼贯而出，手里提着各自的舞鞋。上尉向他们脱帽致敬。听我说，他说。他搜肠刮肚地想找一些适当的话，来表达自己目前的处境。

我听着呢，听着呢，小提琴手说。他用琴弓头轻轻地叩着双脚之间的地板，某一首歌正在他的脑际回响。

是这样，我要送一个基奥瓦小战俘南下到圣安东尼奥她亲戚家去，她现在在车里，车停在出租谷仓后面的大果橡树林里，她在车上做饭。

西蒙透过淌雨的橱窗，看着来往车辆，男男女女在新修的人行步道上急匆匆地赶路。

开什么玩笑，这可有四百英里啊。

没开玩笑。

她多大了？

十岁。但是西蒙，我看得出她好像会打仗。

西蒙看着一个路过的牛仔，他把帽子斜戴着，好遮住迎面的雨水，他的靴子湿亮湿亮的。

提琴手点点头，说，他们那儿是经常打。

不管怎么说吧。她已经彻底忘记了白人的举止和礼节，我念报时得有人看住她。你和你的朋友迪伦小姐要是能在我念报时跟她坐在一起，那可就帮了我的大忙了。我怕不看着，她就会逃跑。

西蒙像传送带上的步进梁一样，缓慢地点着头，心里盘算着这件事。

她想逃回印第安人那儿？他说。

无疑是这样。

我也认识一个这样的人，西蒙说。他们叫他“基奥瓦的荷兰人”。他这个人完全是金头发。谁也不知道他原来是哪儿的，又是什么时候被掳走的，他自己也不知道。我在贝尔纳普一个舞会上演奏时，他们把他带进来。他从送他返乡的军人那里逃脱了，现在他还待在贝尔纳普。

我好像听说过这个人，上尉说。他拿手指轻轻在自己的膝盖上敲打。他们的心性变得太彻底了，这真有点吓人，但既然已经揽下这个差事，我就只能试一试。

西蒙拿起琴弓，架在琴上。他的手指被装配活计磨炼得粗糙有力，此时，粗重的指尖在弦上滑动跳跃起来。提琴上响起一支曲子，“弗吉尼亚美人”。当她离去，我心凄然，弗吉尼亚美人。他停下来说，对不起，一不留神又拉了起来。那么，好的，我会叫上朵丽丝。他坐着想朵丽丝眼下可能在哪儿，很可能正在看护那个名叫伊芙琳·斯顿的发着高烧的女士。他打了个哈欠，顺手举起提琴，像不拉琴的人此时会用手做的那样，用提琴挡住了嘴。打完哈欠又说，上尉，恐怕你应的这个差事有点棘手啊。他用琴弓敲了敲鞋。

你是想说我老了吧?

西蒙站起来，弯腰从琴箱里拿出一块蜡绸，把提琴草草卷上，放回天鹅绒内衬，又“啪嗒”“啪嗒”扣上箱盖，然后直起腰。

对，我就是这个意思。

上尉、西蒙与朵丽丝三人冒着细雨来到大果橡树林中的停车处。在橡树锈色的树叶、树冠和横张的侧帘的掩护下，篷车并没有被淋得太湿。孩子做了玉米面包和培根，还煮了咖啡，一切都铺在她面前，而她正像印度瑜伽士那样，跏趺坐于篷车两排座位间。在灯光的映照下，车侧的“药泉”二字闪着耀目的金光。

三人弯腰钻进侧帘搭的天棚。

朵丽丝摘下滴着水珠的草帽，说，你好!

乔安娜瞥了一眼上尉，似乎在询问他是否也能看见这个女鬼，又重新盯住朵丽丝，一言不发。

朵丽丝带了个小包袱。她将它解开，笑着递给乔安娜。那是个瓷头娃娃，脸上画着一对黑眼睛。娃娃穿着褐绿花格布裙，披着小披肩，小小的瓷脚上画着黑色的鞋。乔安娜从盖毯下伸出一只脏乎乎的小手，拽着娃娃的脚脖子接了过去，捧住她的身体。这个娃娃看起来像跳太阳舞时才会被从层层包袱中请出来的“太乙圣偶”。

她又探寻地望着娃娃的双眼，接着，将它靠在一侧的座位上，张开双手，用基奥瓦语说起了什么。

嗯？西蒙疑道。他站在横张的帆布蓬下，甩着头上的水。他的提琴已被安放在他雇主楼上的他自己的小房间里。他穿着一件1840年代的炮兵大衣，立领很高。衣服上补丁摞补丁。啊！我想她一定是在跟娃娃“打招呼”。提琴手将双手伸向小炉子取暖，手指一曲一张地活动关节。

朵丽丝从炊具箱里找出几只硬陶盘。她对孩子说，其实这娃娃是个精灵，绝非寻常之物，是幻术变出来的。她将硬陶盘排布在篷车后盖和箱子顶上。

西蒙严肃地看着面前这个“点亮自己生命”的人，朵丽丝，他说，你怎么尽挑这时候说你的爱尔兰神话[1]。

我是说真的。朵丽丝说。又对孩子说，你可要小心，可别盯着娃娃看。

她以为娃娃是神像，西蒙说。上尉一边听两人说话，一边越过篷车后盖，在自己的绒面旅行袋里找东西。

哦，有可能，朵丽丝说。她往盘里布进食物，把能找到的两把餐叉、一把露营刀和一把长柄勺在每只盘里搁上一把，又抬头看着面前这个已被掳两次，随人世的

1 前文说的“幻术”原文为“glamorie”，是爱尔兰凯尔特人神话中的一个概念。故此处西蒙有此一言。

洪流漂泊不定的孩子，她看起来那么孤单。朵丽丝的眼中突然盈满泪水，她抬起手，用手背去擦。但我觉得不是，我想她一定是觉得这娃娃就像她自己。既非真，亦非假。我希望我的表达还算清楚，你不管给这孩子穿什么衣服，都无法改变她古里古怪的样子，因为她是经历了重生的。朵丽丝将一盘食物放在孩子面前。朵丽丝的发色世间少有，是爱尔兰人特有的发色，真正的黑，黑中带蓝。她身型娇小，但繁重的活计让她锻练出一对筋骨强健的手臂。她说，人降生时，按照我们的希望，灵魂转向光明，背离兽性，愿主永在。人经历重生后，此前获得的一切将被破坏，甚或分崩离析，而经历重生的人自身也随之分崩离析。这孩子一定在问，自己的创世之石，究竟在哪里？

上尉找到了剃须用品，来到车另一头，把小镜子挂在一枚螺栓上，开始刮须。他说，迪伦小姐，这些你是怎么知道的？

通过大饥荒[1]，她说。饥荒中目睹父母双亡的孩子会跟随他们一起到“那边”去生活，至少在孩子心里是这么觉得的。回神后的孩子都只能是永远的半成品，只能永远地坠落、迷失下去。她抖开湿淋淋的裙摆，观看乔

1　原文为爱尔兰语。

安娜小心翼翼地用手取食盘中的培根。

好吧，对此我也不知道自己能做什么。上尉说完，回到篷车这一头，收起刮须用品，在面粉桶上坐下。他俯下高瘦老迈的身躯，脊骨轻轻发出喀拉拉的声响，在自己的报纸里挑选起来。他得挣钱，眼下的故事虽然引人入胜，但他得先听到硬角子在油漆罐里的叮当声，才有心思去听未彻底长成的衣衫褴褛的孩子们如何与哀愁随行的神秘故事。

报上从不登这些事，也不登穷人的事，朵丽丝说。你的报纸存在着很大的漏洞，别人看不见，上帝却都看在眼里。

上尉吃完晚饭，将刀叉交叉着放在盘里，又将盘子放在车后盖上。对，他一定是都看在眼里了。但不管怎么说，这孩子必须回到她亲人身边去。我只负责从这里去卡斯特罗维尔之间的事。

谁是她的亲人？

德国人。

唉！朵丽丝一下子用双手捂住了脸，又拍了拍大腿。这下子，这孩子得学三种语言了。她用抹布擦了擦手，你把她留给我们吧。我们会接纳她。

西蒙停下不吃饭了，咬住下唇，瞪着双眼，看来很吃惊。

朵丽丝说，她长得像我死去的妹妹。

呃，朵丽丝，亲爱的，西蒙说。这样的话，我们下个月结婚时就已经有孩子了。

朵丽丝耸了耸细瘦的肩。牧师会明白的，她说。

上尉心想，这孩子无论走到哪里，在哪里落脚，都会带来麻烦与争执。别人接受她，都是为着一些旁的原因。她就像一个弃儿，终究逃不过在洗衣房里做活的命运。

迪伦小姐，很感谢你的慷慨，但我必须得如约把她送回给她的亲人，我已经收了五十美元金币。

西蒙脸上的释然溢于言表。

孩子缩回车中，靠住椅背，重新用厚厚的*jorongo*将自己藏了起来。

上英语课

基德上尉在共济会大堂后台换上念报的服装：一件体面的黑色长礼服，下摆及膝，单排系扣，一件与之相配的背心和一件上绣白丝里拉琴的精白棉布衬衣，衬衣已微微泛黄。他戴上一条新的黑丝领结和一顶低筒丝礼帽，将路上穿的脏衣服塞进绒面旅行袋，从后台出来，走上讲台，将牛眼灯放在讲台左侧一个箱子上（箱子上写着“基尔梅耶啤酒，50支装”），用来给报纸照亮。

他一边与人群问好，一边听油漆罐里的投币声：角币、五分币、二分币、便士，偶尔也有二十五分币的声音，那投入二十五分币的人自会从罐中拿回找钱，来的人很多。西班牙堡上空风驰云走，云中细细密密地飘下雾气般的雨水。他展开《伦敦日报》，准备先来几段坏消息，然后再聊些遥远得仿佛梦一般的地方。这种做法行之有效，因此已成惯例。灯光从侧面打在他脸上，透过两片老花镜，把月亮般清冷的银辉投射在他两边的颧骨上。他念到普法战争：参战的有精致好看、浑身散发紫罗兰香的法国人，和被香肠喂得又高又壮的德国金发大汉，后者在维桑堡把前者结结实实地抽了一顿。反响是可想而知的。听众们呆坐台下，听得入了迷。这可是法国的消息啊！谁也不知道什么是普法战争，但住在泛滥成灾的红河畔的大伙儿，都被这远渡太平洋来到北得州的消息惊呆了。他们怎么也想不明白，消息怎么居然到了这里，它在路上经历了什么，又是由谁、出于什么目的送来的。

基德上尉念得字正腔圆，他的金边圆眼镜后闪烁着深邃的目光。他习惯把猎用怀表放在讲台一角为阅读计时。他的外表兼具智慧、阅历与威信，也因此许多人来听他念报，他的罐子里也不时有角币的叮当声。男人们一见他的传单，即使在剃头刮须，也会立即跑出来，他们从各种建筑物里出来，离开各自生着暖火的家，把牲口在洪水泛滥的红河岸边一圈，就都冒着冷雨前来了，只为听听遥远世界的消息。

眼下，他领着这些人去看遥远的地方、陌生的人，领略那里玄妙的思想与童话般的世界。他读到《费城问询报》说施利曼博士正在土耳其考察风城特洛伊原址，又说《每日镜报》传《加尔各答时报》讯，“英印两地成功接通了电报线”，该技术极为先进，堪称闻所未闻。他偶尔抬头时，仿佛又看见了那个金发男人，至少余光边缘似乎扫到了一抹近乎烟灰色的金发的光华。这个念头在他奋力翻阅四开大的《波士顿日报》时一闪即逝。结束之前，他又念了“汉莎”号在挺进北极圈时触冰的噩耗，称幸存者已被捕鲸人救起。这篇报道是迄今最成功的一篇，这从听众的反应上能够看得出，他们都往前凑了凑，目不转睛地盯住他，听他娓娓道来：在那冰雪王国的处女地，有叹为观止的野兽，艰难险境被克服，雪国人穿着毛皮的大衣。

正当他收拾报刊夹时，西蒙从共济会后门跑进来。

先生，那孩子跑了。

没有什么比孩子走丢的消息更叫人心惊肉跳。上尉立即将所有报刊连同自己的眼镜和钱罐，还有灯芯滚烫的牛眼灯一起，扫进报刊夹，将丝绸礼帽往头上一套，夺门而出，冲进大雨。

朵丽丝和西蒙，他们坐在弹药匣和面粉桶上，背靠后车轮，烤着火睡着了。西蒙醒来时，孩子已经逃跑。

她是徒步逃跑的，娃娃也不见了。

追踪光脚的人要比追踪穿鞋的人容易一些，她的四趾踩出深深的印记，大趾则仿佛放错了地方似的远远分在一边。牛眼灯的光线照亮了她留在湿烂红泥中的脚印，脚印一路向东，离开西班牙堡，赶往河畔。大河挣脱了河岸的束缚，恣意泛滥成一片内陆的海洋，隔着半英里就能听见水声。雨下大了，新一轮的暴风雨趁着夜色袭来，西北方向电闪雷鸣，灯光照亮了亿万颗似冰似铁的雨水。她是跟着车辙回到河边的，小路在星毛橡树与大果橡树间蜿蜒，它们有着像万圣节假发般吓人的树盖，很快，小路就会延伸到洪水边。

上尉躬身冒雨走着，关节隐隐作痛。他需要找个年轻些且敏捷、强壮、有耐心的人送她南下，应该让那个人来面对眼下的困境。

他与提琴手西蒙继续跋涉。

都怪我，她才跑了！西蒙狠狠抽了一下大腿，裤腿上溅起水花，掌落处发出湿漉漉的闷响。上尉，真是太对不起了！

暴雨中他不得高声喊话。他抓着帽檐，紧随上尉身侧。

没关系！上尉高声回答。你也是没办法！

上尉很想拿西蒙来替换自己。虽然个矮，但西蒙力大，善打，且枪法好。他们逆着密林般的瓢泼大雨向前推进，不时被别人开路时留下的树桩绊倒，被四处寄生的菟丝子挂住。他们经过正在吃草的帕沙和梵希，马对他们喷着响鼻。上尉觉得，自己已经被雨水打薄了。他这个年纪的男性本应更胖一些，此时的他本应酒足饭饱，倚在西班牙堡某间酒店客房的窗台上，鼻孔中喷着香烟，看灯火阑珊，数罐子里的钱。现实对他不公。

看到河中的波光时他们停下脚步，不出三十码远，河边一块凸起的红岩上，站着乔安娜，她浑身湿透，仿佛一块洗碗毛巾，她的裙子蓄满了雨水。她将娃娃紧紧搂在胸前。借着耀目的闪电，上尉看见洪水的对岸有一队印第安人，他们正在迁徙途中。多半是因为驻地被洪水冲毁。红河的水位依旧在涨，整棵整棵的香榧树顺河水飘来，像水磨一样打着转。印第安人也许是受到了西班牙堡方向灯火的吸引，停了下来。乔安娜正用基奥瓦语向他们呼喊，但隔得太远，水声喧天，对方听不见她的声音。

乔安娜！上尉喊道，乔安娜！

她放下娃娃，双手拢嘴，向印第安人继续喊着。她以为这有什么用？难道他们会为她过河？她呼唤着自己的母亲、父亲，自己的兄弟姐妹，呼唤着自己在平原上追逐水牛的生活，呼唤着她依水而生、善节衣缩食、面对敌人骁勇无惧的族人，即使没有食物、没有水、没有钱、没有鞋帽也能过活，而且根本不需要什么床垫、椅子或者油灯的族人。他们惊讶地站在雨中，看着这个仿佛希神变出来的小精灵，在头顶的每一次闪电中湿漉漉地现形。他们四散站着，身边的马匹驮着一捆捆梯皮[1]杆，驱辐[2]上的孩子裹着水牛皮斗篷落汤鸡似的看着她。为了保持干燥，领头和左右的男人们用各种东西包裹着手中的武器，其中一人朝河的这一边也喊了句什么。闪电过处，他们身上的每一个细节都像雕版印刷板那样清晰，随闪电的明暗一忽儿消失、一忽儿复现。

乔安娜又喊。我被逮住了，救救我，带我回家。她渴望离开这个有着电报、铁路和纷繁复杂的政治结构的现代世界。这一切……让这一切都消失吧！她要在地表上不断地迁徙中生活，在对阳光和草地的感恩中生活，虽然时常经历肮脏、泥泞、潮湿和寒冷，但她无所谓。

对岸的一个印第安武士从包裹中抽出一把长枪，枪杆在闪电一瞬的照耀下放射出蓝白色的冷光。他举枪瞄准，扣动扳机。火光过处，子弹重重打在他们近旁的岩石上，溅起红色的沙石，发出沉闷的声响。对方听不清她说的话，也不知道她是谁。这是一次警告，是要他们离开。

提琴手和上尉立即举起双手，扑倒在褐色高草中。

1　梯皮（原文为 tipi，也作 teepee）是印第安人惯用的一种帐篷。

2　驱辐（原文为 travios），印第安人的一种形态简单的雪橇，由两至三根木杆搭成三角形，底边拖地，顶角挂在拉橇的狗或马背上，也可由人拖拽。

那是杆夏普斯来福枪！提琴手喊道。

孩子继续喊着，完全不为所动。接着，又弯腰将娃娃扶起，让她呈坐姿面朝印第安领地，靠在岩石上。

五十号口径，上尉说。他们打过一枪，就会再打一枪。

他跳起来，拽着这十岁孩子的后襟，将她拖回来，扳过她的身体，转身就跑。他抓住她的一条手臂，让提琴手抓另一条手臂，如此将她架回到她命运的轨迹上，架回到车上，架回到那个虽然同样不想要她、但她不得不回去的白人世界。又一枚含药量极高的重磅子弹撕开了头顶的空气，暴雨的巨响也没能盖过它飞窜时发出的嗡嗡声，它射中一棵大果橡树，打下一根下水管粗细的树枝。

回到“药泉”马车后，上尉熬夜独坐，在暗夜的雨声中一边数钱一边思考去圣安东尼奥和卡斯特罗维尔的长路。孩子已经睡着了。他动作缓慢地换掉衣服。所有的关节都在疼。他回忆起孩子在整件事的过程中竟一次也没有哭。朵丽丝与西蒙留下的一点朗姆酒和他自己的烟斗，此时给了他少许安慰，这正是他需要的东西。他无声地担忧着自己身上的负累。他应下这差事大概是疯了，肯定是老年失智症的前兆。但他已经发过誓，我能做到，他想，我会将她送回亲人身边，只要别再让我开枪。他读完了整整一份《波士顿报》，失神的目光停留在末页关于偏方和假发的小广告上。

他们继续南下。他忘了找铁匠修轮圈儿上的裂缝，但车毂受潮膨胀，似乎裂缝已经被挤没了。铜锁叮当，马蹄溅起泥花，夹道的群山与树林徐缓退后。这天天气相对柔和，山谷间升腾着白雾。轮子到了达拉斯必须修了，但他已经捉襟见肘。交了共济会租金，买了路上的人吃马喂后，所剩的钱就不多了。

一出闹市，她便坐回了他身边，一条手臂在空中挥舞，自顾自地唱着歌。她以一个十岁儿童将烦恼抛诸脑后的力量，接受了无法跨过红河回到族人身边的事实，重新唱起歌来，重新做起了跳舞的手势。

好了，乔安娜，他说。他已平静下来。现在我们要耐心。你马上会见到婶婶和叔叔的。

她目视前方，眼神空洞无物，似乎在打捞沉没的记忆，翻查古老的索引。

他试着用德语来说，安娜婶婶，他说。威尔汉姆叔叔。

她转头看着他，对，她说。话音中带有惊讶。她露出与脑中的某个纠缠在一处的东西搏斗的样子，这个东西仿佛死疙瘩一般，怎么也解不开。

她将放在腿上的两只脏手摊开，看自己的掌心，因为什么也没看出来，复又把双手握起。她的脸不再是一张十岁儿童的脸了，而成了一张因饱经某种无法描述又不可理解的磨难而失语的成人的脸。她只是反复摊开双手，又将它们握上。

终于，她说话了。妈妈，爸爸。她抬起头看着他，托特[1]，她说。

他们缓缓地穿越一片大果橡树林，轮上的刹车有节奏地叩击着铁轮圈，计算着轮子的转数，梵希身上马辔叮当。空气在“之”字形树枝间流过，仿佛流过指间。车轮碾碎松果壳儿，发出脆生生的声响。

上尉低下头，注视着她无邪的双眼，那眼神中仿佛有某种重新被打捞起来的痛楚，那是突如其来的恐怖回忆。他咬着左下唇，为自己引她难过而感到内疚。他掖了掖她裹着的毯子，对她露出微笑。

他说，不管这些了，亲爱的。我们还是来上英语课吧。她沉重地点了点头，一只手还搁在花边袖口上一开一握。

手，他说着举起自己的手。

叟，她说。

1 原文为德语。

马。他指指前面跑着的梵希。

麻。

上尉不懂基奥瓦语，但他知道这种语言没有卷舌音。

很好！他朗声说。

杭好。

她的语气很消沉。她把太乙神偶留在了红河岸边，代替她遥望故乡。守望的工作已经安排好了，现在她必须踏上陌生而艰难的长路，去到一个不知何处的地方了。杭好。

他们涉过克列尔溪，又涉过丹顿溪，走了两天，这才在一个冷飕飕的下午四点抵达了小镇达拉斯。孩子被熙熙攘攘的达拉斯吓住，比在西班牙堡更拘谨、更胆小了。镇上有几栋二层砖石建筑。她跳到了车后，紧贴椅背，瑟缩在面粉桶与上尉的绒面旅行袋之间。他们从北边大路进镇，途经几家铁匠铺。铁匠的坡顶棚屋里闪着炙热的红光，到处是男人和马匹，到处是烟草的烟雾，到处是钢铁为了承受这世上一切东西的重量而被一锤锤敲打的声音。乔安娜瞥见铁匠铺中的情景，顿时惊恐万状。上尉见了却很高兴，准备第二天就去修轮圈。当然，首先要打听轮圈和人工的价格。

沿三一街继续向镇中走，看见许多白人，男人身穿剪裁合体的衣服，女人身上是布匹与鲸骨构造的裙子。两个黑女人手挎藤篮，篮中的母鸡紧张地向外张望，引起乔安娜的兴趣，她目不转睛地看着。后来上尉抵达加奈特出租马棚的大院，并在那里下了车。

马厩的伙计牵过梵希的缰绳，嘴里吆喝着，沃！沃！好像怕这匹早已精疲力竭的花鬃母马会脱缰而逃似的。

坚持住，上尉说。它马上就要尥蹶子了。

梵希垂下头，舌头在勒衔下倦怠地卷着，打了个哈欠。

我这是以防万一，那伙计说。牲口可难说得很，这匹马我又不认识，以前又没见过。他说着，打了个冷嗝。

对对对，上尉说。出租马厩每天看到的当然都是熟马无疑。

伙计给小母马卸下辔头，又解下它背上的缰绳。上尉在他的气息中闻到酒味。

加奈特太太从马料室走出来，手里拿着三口花朵图案的喂马袋。她脑后草草罩着遮阳帽，帽带从肩膀上耷拉下来。人还很苗条，上尉心想，看腰身还像小姑娘。

基德上尉！她招呼他。走到“药泉”马车边，手搭到车上，看见了从红色羊毛毯里往外瞪着自己的一对鲤鱼般的眼睛。她转过头，带着质疑的神色看着上尉。他站在后轮边解释原委，胳膊搁在轮子上，比加奈特太太足足高出一头。上尉一边解释，一边禁不住暗自感叹她竟能独自经营这个出租马厩。他疲惫不堪，身上沾满红河泥，一会儿还得穿着同一双脏鞋上街去买报。除此别无他法。

圣安东尼奥！加奈特太太惊呼。上帝啊。那地方可远呐，上尉。你连个帮手都没有，最近反动运动又这么多。她转身看了一眼伙计在做什么。上尉知道，正是因为反动军她才成了寡妇。一年前，有人在威瑟福德大路上陆续发现了加奈特先生的肢体，每一段都一丝不挂。她说，您就不能等个车队一起走吗？

可以，可以。他说。我们等等看吧，没有也不要紧。他看她顾虑重重的样子，我有枪，他说。一把手枪，一杆步枪。现在我得去买新报纸，还得找家旅店住下。我能把她留在这里吗？就几小时。我想她不会跑出去在达拉斯乱转的。在西班牙堡她还有地方可去，我是说红河，但这里嘛，她可以说已经被敌人重重包围了。他抬起爬满青筋的大手，抹了一把两天没刮的脸。我邋遢极了，加奈特太太。

她笑了，答应照看孩子，请上尉尽管去办事。如果他愿意在马料室里更衣，她可以把他换下来的衣服送到卡娜汉太太那里去洗，顺便问卡娜汉太太要一条合孩子身量的旧裙子，可能的话再要些别的必备衣物，孩子得换换衣服。他伸手去够自己的报刊夹，低头看了眼寡妇，还不到四十五，丧偶丧得太早了。她有枯褐色的斑斓瞳仁，笑起来很好看。

真太谢谢了，上尉说。他脱帽致敬，又将帽子戴好。我明天出发前跟你算账。

他转过身，惊讶地看到乔安娜的一只小手从*jorongo*里向他伸了出来。孩子很害怕，也许她以为自己又要被易手给陌生人。他微笑着将手在她的额头上短暂地贴了一下，本想拍拍她的脸，但孩子的脸颊还藏在红毛毯里。

不怕，他说。不怕。

他拿出猎用怀表，又放了回去。乔安娜对时间没有概念。告诉她自己一小时内回来没有任何意义。于是他只说：

坐下，待着。

再抚养一个

上尉更了衣，把脏衣服留给加奈特太太，就上街了。他胳膊下夹着报刊夹，在斯特蒙斯渡港路的旅店里订了两间房，这是一栋轻捷木骨架结构的房屋，墙体很薄，窗户上挂的都是些花花绿绿的粮食口袋，但他只好将就，因为不确定自己念报能赚多少钱。洗澡贵得离谱，要五十美分一次，他付了钱，在热水里坐了十五分钟，又刮了须。

上尉在蓝篷酒馆找到在那里喝早酒的百老汇剧场场主，订了当晚的小剧场。因为怕他喝醉了忘记，上尉将协议写下来让他签了字。

他又沿着三一街，走到瑟伯新闻印刷坊，迎面就有一股扑鼻的油墨香，里间传来印刷机的声响，这些让上尉心里痒痒的。那是一台钱德勒布莱斯牌手动平版印刷机，正咔哧咔哧地以缓慢的速度吐出一张张告示与广告。到处是活字、穿孔机与装帧设备。墙上贴着这样一张纸：

这是
一家印刷坊

站在文明的十字路口
庇护对抗时间的艺术
保卫不惧坦言的真理
反对窃窃私语的谣言
坚持推广贸易
讯 息 在 这 里 起 飞
我们在喧嚣前屹立
不为编撰者左右
专注时间证实的一切
朋友，这是一片神圣的土地
这里是，印刷坊

上尉心中陡然升起一股嫉妒，他深吸一口气，这才感觉好了许多。瑟伯问上尉好，问候他的身体，打听他念报的生意和旅途的状况，还打听到进犯北疆的印第安人。跋山涉水是否疲劳？上尉用自己的一双黑眼睛正视瑟伯道，不怎么疲劳，他感觉还行，并说自己，杰弗森·凯尔·基德，还没有到坐在凳子上洗澡，躺在病床上度日的地步。真到了那一天，他一定会寄明信片通知瑟伯的。谢谢你，先生，谢谢你的关心。

上尉在印刷坊里巡视，出神地凝视着排版桌和活字柜。瑟伯在他身后拍了一下巴掌，冲自己的两个印刷学徒哭笑不得地翻了翻眼珠。上尉这才回过神，买了一张信纸和一个信封，还有最新的《费城问询报》《芝加哥论坛报》《伦敦时报》《纽约先驱报》和墨西哥市本地的《克拉里昂报》，准备等回旅馆，有屋顶遮身了，再安安静静地在英文报纸上找些有意思的文章，并把《克拉里昂报》翻译一下。

对瑟伯发过狠后，他感到神清气爽，又沿三一街来到达拉斯每周讯息厅，坐在摩斯代码员身边接收联合通讯社发来的消息，对方收费很合理。科曼奇人和基奥瓦人学会了切断电线后用马鬃把线再接起来，这样就可以既切断发报，又令谁也看不出线路的毛病。他们很清楚，军令是通过电报网传递的，好在阿肯萨斯方面与指东报社的线路依然正常。

他从报刊夹里拿出厚厚一捆印刷品，有公告，有传单，请讯息厅的人帮忙在最后印上一段话。

今晚八点

杰弗森·凯尔·基德上尉

将于百老汇剧场

选读

来自文明世界

主流媒体

最新的

消息与文章

他在达拉斯镇上四处贴告示。北方镇民消息闭塞，巴不得有人为他们念报。反过来说，面向公众念报也要比在家对自己或配偶念报有趣得多，因为公开念报时，自己时而激愤时而惊讶的声音绝不只一两人听见。再说，民众里还不乏一些大字不识或阅读磕绊的人，这些人更需要他。

他每走一条街，每钉一枚钉子，就犯一次愁。他为自己面前的长路和是否能保护孩子而担忧。他愤懑地想，我已经养大了自己的女儿，抚育后代的责任我已经尽过了。到了这把年纪，死亡迫在眉睫，他看待人类社会的眼光本来已趋淡漠，仿佛一个被判了死刑的人。谁在乎你们的潮流、你们的战争、你们的理想？反正我是要走了。风云变幻的潮流和被捍卫又被遗忘的理想，我见得多了。但现在不同了，现在他又被拽回了生之潮流，他的肩上又负担起了一个人的性命。他无权再漠视一切。在威瀑县所感到的那种奇怪的消沉与精神上的淡漠远离了他，但他还在抗拒。他是个老人，脾气已经很糟。我已经抚养了两个孩子。一个声音在天上说，很好，那就再抚养一个。上尉必须承认，这个声音，实际上是他自己的，虽然它听起来总好像他曾在北卡殖民地担任英联邦大法官的父亲的声音。这位父亲经常对自己的儿子普法，总是带着自以为是的语气，只有喝了点酒时，声音才稍微柔和悦耳一些。

早春的冷风扫过屋顶，窜入街巷，把妇女们的裙子吹得像翻滚的圆环。上尉还能看见自己吐气成云。他把破旧的围脖在脖子上裹紧一些，又把黑帽子在自己的白发上压了压。得州的天气就像月亮一样多变。他买了烤肉、面包和一碟湿漉漉没精打采的节瓜，一股脑儿装在一只锡桶里带回到出租马厩。

唱喂！他听见她喜悦地喊道。

诶，乔安娜，他说。

加奈特太太转过头，越过单间马房的栅栏，朝上尉露出明媚的笑容。上尉只能看见乔安娜的头顶。加奈特太太说，我们很好，这孩子很爱和马待在一起，我们正在说每一匹马的名字呢。上尉松了口气，他赶路穿的罩裤和两件旧衬衫都洗干净了，正晾在篷车的前挡板上，他的袜子和不便直呼其名的那几件私人衣物，也都小心蒸过，还冒着热气，挂在挡板下的横杠上，孩子新得的几件旧衣服都包好了，放在弹药匣里。

他翻开篷车后盖，把晚饭放在上面。加奈特太太回到自己的办公室，一缕深栗色卷发从她的太阳帽里溜了出来，没加骨衬的裙摆曼妙地摆动着。上尉对着她的背影目送了好一阵。

接着他转身，面对乔安娜。

晚饭，他字正腔圆地说。

俺汗！孩子咧开嘴，露出下排每一颗牙，开朗地笑了。她提起裙摆，踩着一条轮辐爬上车。

他和乔安娜在两排座椅上对坐，他看着她用露营割肉刀切下一大块冒着热气的烤肉，捧在两手中间倒腾着，嘴里说着，啊！啊！一直等它凉了，又熟练地扔进了嘴里。肉汁飞溅。上尉停下送往嘴边的一叉烤肉，出神地看着。她又割了一块，依旧在两手间倒腾。她的指尖粘满了肥油，红色的肉汁一路流到胳膊上。

停，停，停。

他放下叉子，用随餐附赠的餐巾擦干净她的手，将叉子递到她手里。他又捉住她的手，用自己骨节分明、布满青筋的大手包住她小小的手指和叉子，将叉插进牛胸，提起来，又送到她嘴边。

她再一次用那种空洞的仿佛玻璃一样透明的眼神望着他，根据以往的经验，他知道这意味着她既不理解也不愿意看到眼前发生的事。她像握冰锥一样捉住叉子，一叉捅进晚饭里，用叉齿撕下一块肉，吃了下去。

不对，亲爱的，他说着，再次握住她的手，将叉子放到正确的位置，以正确的路线送到她嘴边。然后，他坐着看她与叉、与刀、与这愚蠢的一切搏斗，与人类选择这样的进食方式搏斗，选择这种进食方式的原因不可解释更不可理解。在这方面，两人看来是没有共同语言的。她又试了试，转身将叉子远远地扔进单间马房里去了。

上尉的肩膀在黑色常礼服中微微垂了下来，一瞬间，对她的怜悯几乎要将他压倒。这个十岁的孩子被从父母身边剥离，落入异文化中成长，别人分配给她新的父母，又为了区区几条毯子、几件银器将她转卖，她在陌生人间不断易手，被迫穿上奇形怪状的衣服，身陷语言不通、文化相异的人群，而现在，如果不用手，她连饭都不会吃。

终于，他拿起背包，将报刊夹夹在胳膊下面，示意乔安娜跟他一起走。他看见她低头看着自己的脏手，脸上带着泪。

我们得想办法给你找间旅店房子住，他用一种坚定的声音说。我为念报做准备时，你必须乖乖待在那里，可不许打碎窗子跑出去。

他牵起她油腻的小手，沿街走去。

爱你们的，父亲

上尉离开旅店房间，锁上门。他站在走廊里，听见她诵起一段基奥瓦语经文。这可能意味着任何事，可能意味着她已经面对了事实，也可能意味着她马上会把自己吊死在窗帘拉绳上，或在屋里放一把火，或上床睡觉。

幸亏她手里没有武器。

他在前台留下钥匙，对前台说她是个基奥瓦战俘，自己正要送她回家。

但是上尉，她回家怎么不高兴呢！前台的青年有一对金鱼眼，正用一把指甲刀修剪手中的一撇假胡子。回家不应该欢欢喜喜，乐得直拍手嘛！她听上去好像要自杀似的！简直像唱歌剧似的！

可不是吗，上尉说。

她要去哪儿？

圣安东尼奥附近。

您得把这么个孩子一路送到圣安东尼奥？您还是别自找麻烦啦！

年轻人，你说话的语气能不能别总是这样一惊一乍的，我也是不得已。

前台接待员闭上眼，长呼一口气平静下来。他常在剧场跑龙套，演仆人或信使，他说，去找加奈特太太来陪她吧，她念一晚上经我们可受不了。

加奈特太太脱下帽子，在马栅栏上拍灰，上尉看到她头顶盘着许多麻花辫，这才知道她栗色的头发居然这么浓密。她正指导伙计怎样解开辔头上的芝加哥扣。

是，夫人！伙计说着转过身，但左腿挡了右腿的道，一跤绊倒在地。天咒你们这些挨刀的，他说。这两条腿，还有脚下的地，尽害人。他说话口齿很不清楚。

彼得，她说。你怎么能说粗话呢，快起来。

满地鬼东西！他说。干草下头都是鬼东西，害人绊跤。

那你就把它们捡起来啊，她和气地说。什么事，上尉？她强作微笑。

上尉恭敬地站着，两手在身前交叠。他请她去同乔安娜待一晚上，当然，还有一层原因他没有说，那就是想到她睡在自己隔壁的房间，对他来说不啻为一件美好而诱人的事，他提出给她一美元劳务费。

上尉，别客气，她说。能帮上忙我很高兴。

自上周以来，他不断害怕孩子逃走、迷路甚至饿死，或为了回到基奥瓦人身边而冒险游过红河。头两天，他还曾害怕她会杀了自己，也怕过她自杀。他希望今晚也许能没有这些恐惧，也许能无牵无挂地睡个好觉。

加奈特太太随他来了，在一只绿布铜扣包里准备了过夜的睡裙和一应器物。他打开门，迎面看到乔安娜盘腿坐在地上，上身摇晃着。加奈特太太从夹克口袋里掏出一小块精致轻巧的蛋白糖，乔安娜将目光对焦在上面，上尉看见她做了一个“毒药”的手势。

他说，你先吃一半，加奈特太太。

她立即明白了，在白色糖块上咬下一半，享受美味似的说，嗯——！

乔安娜以冰山飘移般奇慢的速度接过另一半，咬下一口这混合了香草、白糖与蛋白香味的美味，感到蛋白糖脆韧的表皮在嘴里碎开。她吃的时候脸上毫无笑意。上尉知道这糖是加奈特太太这天下午为乔安娜专门做的。蛋白糖做起来非常困难。他慢慢退出门去，听见上锁的声音。

墙体是廉价松木板，隔壁的声音听得一清二楚，他真希望自己听不见。他坐下来，拿出钢笔划报上的重点，钢笔头刮擦着报纸，发出窸窣声，仿佛贪婪的老鼠。他在湿墨上吹了吹，将报纸放到一边，又拿过信纸给佐治亚的女儿写信。屋中洋溢着新鲜粗木材与旅馆洗床品用的廉价肥皂的气味。

我挚爱的奥林匹娅，伊丽莎白，他写道。

唱喂！乔安娜拍了拍墙，她在啜泣。他也拍墙作为回应。吵啥哪（乔安娜），他说。

> 请代我向埃默里与孩子们问好，永远爱他们。我很好，依旧在四处念报，镇民待我友善如故，世纪末将至，人口越来越多，乡镇也不再只是过去那寥寥几个，总有很多人来听取远近新闻的报道。我身体尚好。希望埃默里已经习惯了使用左手，期待能见到他用左手写的字。伊丽莎白说，只有一条手臂的人难以就业，这话固然对，但也只是针对体力活而言，而且不管怎么说，雇主当然会因为一个人因战争失去手臂而给予一定优待，一旦他驾驭了左手，我相信他可以考虑从事排字、会计等不同的工作。我也相信奥林匹娅绝不会成为你们的麻烦。

奥林匹娅的丈夫梅森，随约翰斯顿从亚特兰大撤退时死在了阿达尔维尔。他生前体壮如牛，虽未达到火车头的尺寸，但作为人类已过于高大。他从巴斯里楼的塔尖离地三层高的地方摔下来，在地上砸出一个足可埋掉一头猪的大坑。上尉的小女儿奥林匹娅，则是个崇尚纤弱文雅的姑娘，即使从花园里摘一朵郁金香，也要悲天悯人一番。她颤颤巍巍、大惊小怪，不断向人们证实着自己的多愁善感。梅森与她形成了很好的互补，北方佬却跑来把他给杀了。

眼下，奥林匹娅寄住在伊丽莎白与埃默里位于佐治亚新希望教堂区的农场废墟中，无疑对二人构成负担。上尉扶额想：唉，我的这个小女儿啊——

墙上又传来一阵拍击：唱喂！唱喂！

他起身，也去拍墙。吵啥哪！他说。快睡觉！

上尉听见墙那边传来安抚声。那是一种人对躁动的马匹说话时发出的声音，坚定而低沉。虽然话是硬的，但语气是软的。先前，他还听见加奈特太太与孩子一起穿过走廊去洗澡。马桶抽水时，传来一声惊恐的尖叫。这家旅馆的所有声响都历历在耳。他后悔自己没花钱去住砖石结构的大馆子，那样一来，个人的隐私至少能得到保障。

……你们的丈夫都曾效力于佐治亚州民兵

队，对战友们很忠诚。回到佐治亚的战场、回到火焰突袭的中心去战斗，这不仅是你们的命运，也是上帝的旨意，面对许多其他家庭的不幸，我们应该为尚有亲人幸存而心存感恩。我知道，眼下要你们离家登程是万分困难的事，但一旦抵达这里，一切都会好转。

他停下来，从头看了一遍，撕了一角废纸，抹糊了“回到火焰突袭的中心”几字，又用墨笔画了一道，拿起信纸斜向灯光，确认该句已不可辨认，才将信放下。这样更好。不必唤起恐怖的回忆，徒添许多眼泪。

现任得州参众两院通过一项法令，禁止个人携带随身武器，也就是手枪，但就目前而言……

他写起了科曼奇人和基奥瓦人在红河上的突袭，发觉自己的消息又变得耸人听闻起来，而这对说服女儿们与埃默里迁来得州是不利的，他们受的折磨已经够多了。南方桥梁多被烧毁，铁路与铁路运输工具尽数被炸，故此，来得州的路将会十分艰难。重建需要的资金尚无着落，毁路的不仅仅是舍尔曼，田纳西至密西西比段的铁路就是福里斯特将军为防北方佬使用而炸掉的。不管怎么说，路况很糟，衣食依然紧缺。他们得从联军处申请通行证，才能获准使用业已千疮百孔的道路，来赶他们那两辆篷车，车上还要装两个女人和两个孩子，赶车的却只有一个男人，这男人还只有一条手臂。如果渡口尚在，他们须在维克斯堡横渡密西西比河。在到处是反动暴徒的路上，他们要随身携带现金，用来购买人吃马喂。

但就目前而言，没有随身武器并无大碍，且法律还未禁止滑膛猎枪，所以我晚餐偶尔还能吃到鹌鹑和野鸭，喇叭鸟与白鹤都在南归的路上在红河沿岸安顿下来了。闲言少叙，我还得来说说我与你们——我最挚爱的人——之间的最重要的事，那就是，我认为你们在得州都会过得很好，比待在东边毁坏的土地上勉强支撑要好，看在你们已故的母亲分上，也请你们考虑来此的计划。如果你们举家迁来，我就能重获女儿、女婿与外孙的陪伴，且既然伊丽莎白素来对诉讼程序表现出深深的兴趣，她到了这里也可以潜心研究一番，有朝一日，或可将成果呈交给某个不动产诉讼律师看看。

诚然，西班牙领地对我家来说可能已是昨日旧梦，但只要地还在，就值得我们好好推敲。希望你们能立即着手给贝克萨县法院的土地署署长兼西班牙殖民历史档案馆保管员老阿米斯塔德·德·拉若阿先生写封信，千万别把你母亲娘家的姓写错了，应写成路易莎·贝妲科尔特·伊·李尔小姐，她世袭了una liga y un labor，希望你们还没把西班牙语忘光，这是“草场和花园”的意思，这些地，依法不该归康塞普希昂传教站所有，也就是Mission Nuestra Señora de la Purísima Concepción de Acuña（请记住正确的拼写和读音，德·拉若阿先生这个人颇有些吹毛求疵）。我们在圣安东尼奥的大屋产权还在，那里还住着一些贝妲科尔特家的后人，但都已经老得快成灰了，还在因为弄不到白面包只能吃玉米饼而抱怨。

你母亲的爷爷亨利·西伯利多·贝妲科尔特·伊·格拉斯先生从传教站买下了草场和花园，但西班牙王室法律规定，所有产权要去墨西哥城登记方可生效，由于路上至少得走两个月，当时就没有登记，产权问题就此遗留。更不用说，1821年后，墨西哥城的土地登记局落入墨西哥共和政府手中，该政府腐败异常，据说备案系统极为粗疏马虎。于是，土地产权一直没有完全落实，几经易手，经历了得州共和国、美利坚合众国、美利坚联盟国，到现在又回到了美利坚合众国之手，成堆的产权文件正在德·拉若阿先生的办公室里慢慢发霉。这会让你欣喜若狂的，伊丽莎白，亲爱的，你生来就是做文字工作的好料子。

花园在圣安东尼奥河畔，教区以南五英里左右，草场则位于巴尔肯斯高地，据说占地总面积达三百英亩左右。巴伦苏埃拉家族曾在那里牧羊，但我听说他们已经离开那块地了。

唱喂！

他听到一阵徐缓悠长的哭声，他将头在信纸上压得更低了。他还以为印第安人从不哭泣，哭声将他从眼下的法律问题中拉了回来，它叫人心碎。

他搁笔闭目，努力让自己镇静下来。南方人口不过几百万，竟有七十万南方青年在战争中死伤，许多事情都落到了老年人身上。他必须安排家人团聚，必须涉足法务，必须以念报为生，必须将这孩子送回给她亲人，那些人见到她现在的样子，又势必惊骇且不快。一瞬间，他突然开始怀疑自己为什么答应把她送回卡斯特罗维尔。

为了布里特，一个解放了的黑人，可能就是为了这个。

隔壁有什么东西砸碎了，遇事永远不乱的加奈特太太，再一次发出了安抚的声音。

不必再勉强写下去了。

爱你的父亲，杰弗森·凯尔·基德。

他听见孩子被拖向走廊上的卫生间时用基奥瓦语呐喊着抗拒的词汇。在一个十岁德裔基奥瓦孩子将香皂和陶罐往地上乱砸的噪音里，没有人能够思考。少顷，又传来两人回屋的声响，哭声又起。加奈特太太唱起了歌。

他垂头聆听着，她嗓子很好，是清亮而柔和的女高音。她唱《耶稣助我近倚十字架》，又唱《我的灵魂永安乐》。他拿起信纸，慢慢折叠。“当安乐如水，永傍我前路……”真好呀。年逾古稀，他理该享有水般的安乐，但眼下的他显然是得不到了。窗外，达拉斯的小镇建起新的粗木大楼，空气中交织着车轮的碰撞与渡口工人的喊声。孩子对人造的悬崖、笔直的马路，该是产生了怎样的不解啊。哭声渐轻。加奈特太太又唱起了《恋人的黑发》，这首多利亚调式的古老民歌清唱起来并不容易，孩子认真地听着。它有着奇崛的转折与卡尔特式的音程，更接近印第安人的唱法。他奇怪自己为何去年来此时没有注意到加奈特太太，然后立即明白了。因为女儿们认为自己应该对她们的亡母永保忠诚，一旦得知自己心有旁骛，奥林匹娅与伊丽莎白定会爆发冷铁般的苛责，谁都不会饶了他。

终于，墙板那边安静了。他熄灭煤油灯。快八点了，演出即将开始。

今晚就得离开

发散着柔光的白云低垂在天边，预示着还要下雨。百老汇剧场的观众席建造得挺不错，这意味着听众能坐得更舒服，听他念报时也就更有耐心、听得更长。上尉照例带来自己的牛眼灯，与惯用右手的阅读者不同，他将灯摆在左手边的一个花架上，并调整灯光，让光线洒在细细密密的铅灰小字上。他把小小的猎用金怀表在讲台上放妥。入口的双开门边守着两个美国兵，每有集会必如此。得州还未脱离军队的管制。

如果数月后华盛顿能统一得州代表团，管制也许就能取消。在最近一次的选举中，与忠于盟国的共和党竞争的，并非南方民主党。事实上，民主党在得州的大势已去。竞选双方乃是共和党内部的两个分支，戴维斯领导的一支力主独裁，汉密尔顿领导的一支则稍微温和一些。但两个分支在本质上都在剥削州民。国会议员忙着中饱私囊，请他们帮忙厘清产权问题毫无用处。伊丽莎白将在贝姐科尔特土地产权一事上消磨许多年的时光，对此，她一定会很高兴的。

上座率不错，他听见入口处的油漆罐里不时有投币声。他照例向观众们问好，感谢了百老汇剧场场主，又称赞了一番威瀑县到西班牙堡的路况，便抖开了《伦敦时报》。他以这个方式邀请听众们一起进入意识的另一领域，用他们虽不能理解但听得津津有味的无数细节，将一个个遥远而神秘的地方带到他们的面前。

他读到英国殖民政府试图将管辖范围内的人口数量做一番统计，简短地说，就是“人口普查”，普查员却遭到印度某些部族的抵抗，因为按照习俗，已婚女子不得口称丈夫的名讳。许多人点头，仿佛在说，那些偏远国家的人，自然都缺乏理智。他读到伦敦一场暴风雨吹翻了许多烟囱帽（啥是烟囱帽？他在听众们的脸上看到了问号）。芝加哥新开的肉品生产线无论多少头牛都能处理过来，虽然他们现在没有多少牛可以处理。人群中有些想冒着蛮族的威胁赶牛去密苏里州的男人把这条消息听得特别仔细。上尉读到纽约市涌入大量爱尔兰人，衣衫褴褛地从“极光”号汽船上走下来。读到新州内布拉斯加的平原上开通了铁路，墨西哥城附近的波波卡特佩特火山再次爆发。所涉内容包罗万象，但避而不谈得州政治。

有人就喊了，你为什么不念念州长戴维斯办的州报？

上尉合上手中的报纸。他说，先生，你很清楚为什么。他在讲台前俯身，在牛眼灯的照射下，他的一头鹤发发出光泽，金边眼镜闪闪烁烁，仿佛在眨眼，他是长者智慧与理智的化身。我一念，你们很快就会有人动枪，最少也要打起架来。得州的人们已经失去了理智探讨政治问题的能力，这里没有文斗只有武斗，门外的军人就是最好的证明。

他将报纸塞进报刊夹，说，我只搜集、传达远方的消息，至于《奥斯丁报》和《先驱报》，还请你们自己去读吧。上尉合上报刊夹的翻盖，扣牢。想斗殴的话，请自便，但别在我念报的时候。

从手拿帽子、头发湿亮的男听众和带着煎饼薄礼帽与遮阳帽的女听众间，他听见了“说得对！说得对”的叫好声。

他吹灭牛眼灯，带着它和报刊夹一起步下舞台。穿过陆续往外走的人群，他又看见了那个在威瀑县看见过，在西班牙堡似乎还见了一面的金发男人，他身边依旧跟着两个卡毒人。他心下一沉。两人有着短得像胡茬的头发，衣服的蓝底上印满小黄花，是卡毒人喜欢的工艺，从这一点上，他知道他们一定是卡毒人。金发男人坐在包厢的软椅上，翘起一条腿，膝盖上搁着自己的帽子，他正看着上尉。

上尉一从讲台上下来，听众们也都纷纷站起了身，有些朝他走来。他一一与伸过来的手相握，接受一些人的感谢与赞美。所有人身上都有湿羊毛和樟脑丸的气味。一个娇小无比的女人说，谢谢你，上尉。她绯红的双颊，与她握手的感触，都让上尉感到了片刻的欢愉。也许她心中本来充满一种被上尉称为“艰难思绪”的忧烦，而他在刚才曾短暂将她解放出来。又有一个表情庄严、翻领上别着三叶草形徽章的男人走上前来，看来是联盟国汉考克第二炮兵连的人，上尉紧紧与他握了手。无论你站在哪一边，既然在盖茨堡战役里活了下来，就值得祝贺。也许这个人的思绪也在片刻里随上尉一起去到了那想象的国度——那遥远的地方，坚冷的冰山，倒卧的烟囱帽，热带的火山……

百老汇经理拿着上尉的一份钱走过来。他赚了近二十美元银币，他把钱袋塞进大衣口袋。一个男人手持长柄灭烛器，一一灭掉水晶灯上的蜡烛。百老汇剧场的光线逐渐暗了下来。

上尉，那金发男人站起身说。鄙姓阿尔梅。

这些是你的朋友吧，基德上尉说。

正是，金发男人戴上帽子。

你是从威瀑县就开始跟着的，我想我在西班牙堡还看见过你。

我在很多地方都有生意，阿尔梅说。那孩子你卖多少钱？

基德上尉浑身一激灵，瞬间凝固成一块冰冷的石头。他面无表情、一动不动地站在那里良久：*我想错了，这世上还是有人想要她的*。他戴上帽子，仔细地把它在自己头上压了压。他俯视比自己矮了几英寸的阿尔梅，一边扣上黑色大衣的前襟，一边慢慢眨了一下眼，注视着对方身后的两个卡毒人。

阿尔梅说，这里不是红河，军队不会频繁巡逻。我本可以在路上直接将她带走，但我想尽量公平、坦率地对待你，你要多少钱？

上尉说，我还没想好。

还没找到买主吧。

对，还没找到买主。

那么，让我们聊聊，我这人并不吝啬。钱，我舍得花。

哦，真的？

点38口径的手枪被上尉留在了旅馆房里，念报时穿的单排三扣长大衣无法掩藏这把又大又重的手枪。也许这反而好，如果带着枪，眼下的一切几乎淹没了他的情绪，将会驱使他立即拔枪射杀眼前的男人。一旦入狱，乔安娜该怎么办呢？

当然，你可以去打听打听。

这用不着，基德上尉说。不过，我得先确认你是否善待孩子。

会比印第安人对她好一些，阿尔梅说着，唇角向两边拉开，扯出一个生硬的微笑。至少她能拿到赏钱，白种女孩可是上品啊，上品。

嚯，是吗？上尉友好地点了点头。他的思绪已经撕裂时空，穿越到一小时甚至一天以后。如果他们知道了他的去向，知道了他要走哪条路，说不定他们已经知道了，那么，他有多少子弹可以用来抵御？

他说，这样吧，阿尔梅。明早七点，你来泰勒斯塔齐酒馆找我，我们说一个价儿。我正好缺钱，而且今晚又赚得不多。

好。阿尔梅的眼睑似乎重得抬不起来，他有着仿佛斯堪的纳维亚或俄罗斯人的那种灰色眼睛和厚实苍白的皮肤。他仿佛半梦半醒，似乎正梦着一个不属于此时的世界，一个晦暗的、崩坏的世界。

上尉出门前，冲门口穿蓝军装的合众国士兵推了推帽子，这个致敬的动作现在已经很少有人做了。门外空气潮湿，水汽在一切物体的表面闪烁，屋顶的瓦片上淌着成千上万的水珠。他看见阿尔梅和卡毒人一起向北拐进三一街，背向他向斯特蒙斯渡港路上的旅馆走去。

他沿着没有铺好的土路疾步走回加奈特出租马棚，一边唤那个粗蠢的伙计，一边给花鬃母马套上马具，牵到车辕中，接好脖套，挂好钩锁，调转车头朝外。他以平生最快的速度更衣，又把报刊夹和钱袋一齐扔进马车，将炒锅里的剩饭打包，把念报穿的正装和大衣搭在手臂上，摸了摸帕沙的脖子，帮它擦去眼屎，将它系在车后，又把锡桶留在马厩里，嘱咐伙计替他还给小饭铺。

他说，我这就去找加奈特太太，我们半小时后算账。

“小时”，马房伙计说。他睡在一间空着的单间马房里，此时从毯子堆里坐起来，不知为什么头上缠了一块手帕，一只空酒瓶磕在地板上的钉头上叮当作响。还“半个”，每个人都这么急，大半夜地到处跑，说完就向稻草上倒了下去。

上尉赶着车在达拉斯幽暗的街道上小跑，转上斯特蒙斯渡港路，来到旅馆。几扇亮着幽微光线的窗显得阴森而不祥，仿佛在偷窥。他奔跑着上楼，进入自己的房间，将绒面旅行袋打好包，拽起它就来到了隔壁，疾速拍响隔壁的门。

加奈特太太披散着头发，穿着一条裙裾足有十米长的睡裙来开门了。他闻到空气中有火柴燃烧后的硫黄味，她开门前迅速点了灯，裹着一条森绿色披肩，浓密的长发倾泻在肩上、背上，闪着柔和的光泽，嘴张开着。她身后的乔安娜彻底醒了，此时也坐到了床边，双脚踏在地板上。

加奈特太太虽然警觉但依然镇静。怎么了？她说。

快，他说。我们今晚就得离开。

登上踏板前，他脱帽向加奈特太太致意。她对阿尔梅所说的话感到既惊骇又愤怒，她还不认识他，但很快就会认识的。她擎在手中的灯照亮了她的双眼，她怒火中烧。这让她的脸更生动、更有光彩。那一刻他的心动了，他握住她的手，她的手小而有力，手腕上戴着一只镶着几颗红色宝石的银手钏。

我希望回来的时候还能有幸拜望你，上尉说。他露出微笑，我想请你去三一河畔野餐。

首先你得回来，她说。好好照顾自己，亲爱的人。

他犹豫了一下，继而弯下腰轻吻她的面颊。

他们沿着黑暗的街道启程时，她擎灯而立。尘埃在灯光里飞舞，仿佛萤火虫围绕在她的周围。

他们沿着瓦克萨哈齐路向南，因为阿尔梅和他的朋友们定会以为他们要走的是通西南的梅兰迪恩路。他们稍后可以再向西重新登上梅兰迪恩路。他希望阿尔梅一行发现梅兰迪恩路上没有新鲜车辙和他们的踪迹时，就会调头去别处寻找，这样就为他与乔安娜争取到了三四小时的先机。

他们向着达拉斯东南的群山一路小跑。这条山脉叫褐木山脉。天亮以前，他们有望抵达一片由布拉索斯河冲刷出许多沟壑且布满了红岩峭壁的乡野，那里，遍野的常青橡树从来没有被砍伐过，有些长得又高又大，仿佛界碑。他想在天亮前抵达河畔，这样就能离开大路，去到高处瞭望追踪他们的人。他们花不了多久就能从马厩处买到他们的去向。那伙计是个酒鬼，跟酒鬼套话是很容易的。

雨停了，他们放开速度小跑。一排又一排的雨云轮番流过天空，一轮凸月仿佛在云中倒行。前路莫辨。月下的方向感也很差。上尉想在天亮前尽量拉开自己与阿尔梅和卡毒人之间的距离。

他并不排斥战斗，问题是他没有足够的火力。他拿出转轮手枪，枪托朝前插进腰带右侧。他需要一个枪套。二十号口径步枪需手动拉栓才能上膛，每次只能打一发子弹，而且他只有纸壳鸟弹，适配转轮手枪的弹壳也只有一盒，目测能打二十轮左右。刚到达拉斯时不买枪套和弹壳是因为没有钱，现在时间太晚，镇上的店都打烊了，还留在街上不回去的又都不是正经人。

步枪已经上了膛，就顺着马车前挡板横卧在上尉脚边。虽然拉着保险栓，但他仍然有些担心。扳机太松了，稍不留神，子弹就可能在他拿起枪身还来不及瞄准时就出膛射中他自己的马。

这一天是3月5日，天还很冷。他的呼吸在旧围脖上凝成水汽。北斗星在他们的头顶偏后位置，仿佛一把大勺，将黑夜倾倒在这片睡着了的土地上，七星在纷扰的云絮间闪烁。走了几个小时，他找到一条向西的岔道拐上去，又走了两小时，回到了梅兰迪恩路。这里的村镇很分散，少有警备，遭到北边印第安人袭击的事时有发生。他们毅然向前。

孩子坐在后面的篷车里，身上裹着厚厚的黑红*jorongo*。他没有任何办法向她解释发生了什么，好在她无需解释。她的家人和部族曾与犹特人和卡毒人鏖战，那是他们的宿敌。他们也曾先后与得州殖民者、得州骑兵队和美国政府军长期游斗。广袤平原上，咆哮肆虐的饥荒、龙卷风与猩红热更是经常与他们照面。只需告诉她有敌人追袭，她便会懂得，而这一点，她想必已经猜到了。

道路在他们前方岔开，苍白的月色下，两条小路在得州中心的草原辽阔的乡间一左一右地向远方伸去。他们经过一间掩在树丛间的农舍，后来发现那其实是一大群围在民居四周打盹的动物。民居的一扇窗里有光，有人正在等门。帕沙在空气中寻觅着母马的气味，准备一旦嗅到便引项高嘶，承诺一些自己永不能实现的事。然而它只嗅到一头驴和一匹同自己一样的骟马，于是平静地继续小跑了下去。到处是星毛橡树的尸骸，向天举着各自的残肢，枯褐的树叶在风中颤抖。冷夜之中，一个黑影嗖嗖地从他们面前窜了过去。

孩子失声惊呼。*Sau-Podle*！她猫下腰，将毯子拉到鼻子上，仿佛要屏住呼吸。*Sau-Podle*会带来死亡的消息，死亡将至，此时此地就要来了。那东西像刀片一样划破空气，拖曳着两条蜷曲的腿，仿佛穿着毛灯笼裤的小孩子。

那是大雕鸮，上尉说。别去管它，乔安娜，就当那是夜鹰吧。

卡毒人死定了

天空露出第一缕晨光时，上尉与乔安娜离布拉索斯河只有一英里的路程。不久，他们就踏上了河北岸的小路。接着，两人来到一处上尉记忆中好像叫卡里尔泉的地方。泉水从红砂峭壁上依势而下，泻入一条最终汇往布拉索斯河的水道。透明的水流一路上晶莹活泼，由一汪水潭跳到另一汪水潭。上尉抬头看，似乎看到了一条可以登高的路，斜坡上隐约有一条逶迤的车道。

他引梵希走下小路，拐上山坡。走了一百码，便遇上了带刺的阿格里塔灌木和枝杈如戟的小橡树，他不得不下车引马，虽然植被不断撕扯着他的腿，他心中唯一想着的只是要赶紧躲起来、赶紧躲起来。他感到自己的身后拖拽着一整个世界的重量：梵希，颠簸在车座上的孩子，和车后蹒跚的帕沙。周遭一切都湿得能滴下水来，很快，他的膝盖以下就全都湿透了。

登顶后，他找到唯一一块能停车的平地，近旁的树木和盐肤木丛可以为他们打一阵掩护。周围有树桩，有人曾来这里砍伐制作板材的木料。从这座由层层叠叠的红砂岩所构成的“瓮城”中，他能够清楚地看到下面的路。

他俯下身，撑住膝盖，解放自己的腰背。赶了一夜车，腰都坐僵了。身体的每一处都在疼。他直起身，将那捆腌猪肉转身递给她。她接过来，放下车后板，把肉放在上面。

我做饭！她仰头笑向他。接着，拿出一块蛋白糖。养马的女士好，她说。吃，唱喂。她的小脸蛋，圆得像苹果。

他报以微笑。对，她很好，他说。他吃下那块糖，糖分迅速随血液流遍全身。他摘下帽子，捋了捋白发。他的上衣在晨风中敞开着，他伸手到兜里摸烟斗。

孩子忙着捡干树枝，存在裙摆里，看起来她为裙子总算能派上用场而感到高兴。他将火柴匣递给她，她给小灶炉点上火。她熟练地用割肉刀分割着腌猪肉，边割边唱着。她熟悉这样的生活，这样对她来说很好。没有屋顶，也没有街道。她刚洗过的蜜糖色头发松松地绑着蝴蝶结，在晨风中飘动。她偶尔抬头，扫视周遭的橡树林，寻找敌人的响动。然后又回过神，把肉条扔进炒锅。

上尉在高岭土烟斗里塞进烟叶。虽然他的心仍然平和，仍然无牵无挂，只想继续传播世界的消息，希望这能带来一点好处，但为了保护孩子，他终究不得不在腰间挂上了武器。无论多少铅字印刷的故事与传说都无法改变这一事实。他想到了必然正在追踪他们的人，想到烟草的气味能传得比肉香更远，便把烟斗放下了。

他给梵希卸了套，将它与帕沙拴在一起，用稻秆做的毛刷给它们刷毛。真到要逃命时，骑马要比坐车强。他想干脆把马鞍和毯子装上吧，又觉得为时过早，但还是从一堆图钉里找出了帕沙的缰绳扣，把它放在一侧的轮毂上，以备不时之需。

他套上中跟骑靴和马刺，将盘扣系紧，这样，活动时就不会有金属音。他把金表、钱币和小刀都从兜里掏了出来，放在后车盖上。他希望活动起来身上不至于叮当乱响。他拿出转轮手枪，再次确认了每一膛上都有子弹，才又插回腰间。这把枪的口径足有八英寸，他腰里仿佛插了一杆斧柄。橡树间蹲着几只白翅哀鸽，粉红的小脚交替着，晃动着身体，嘴里发出咕咕的低鸣，想去泉中饮水，又害怕面前的人。

上尉很想到山下的路上去看看从那个角度是否能看到自己的篷车，他猜篷顶多半有暴露的可能。他不知道阿尔梅等人要过多久才会从达拉斯追来，也许是七点半到八点左右的时候，那时他们会发现他没有去泰勒斯塔齐酒馆。当他们看到梅兰迪恩路上没有车辙时，他希望他们能折回去，沿着瓦克萨哈齐路一直走。如果幸运，他们可能会一直往东，一边团团转一边喊着，他们上哪儿去了？上哪儿去了？但最终他们一定还是会反应过来，而且他们都骑马，速度比自己要快。

他没有下去，他怕自己返回篷车时在岩石间被他们捉住。他趴在地上观望下面的路，两条羊肠小道间，长着毛心花与印度草。透过树林子，他能看见这条道上的两段。一段在半英里开外，一段就在正下方。

他揉了揉发困的眼睛，重新回到放哨的岗位上。在逐渐放亮的天光中，上尉仿佛看见了马尾在空中甩动的影子。哀鸽沉默了。嗯——他若有所思地爬上车座，以便看得更清楚些。

这天的气温大约在五十华氏度，水彩般轻薄的日光将冷冷的青铜色洒在山下的乡间。山峦起伏，如覆盖了树木的浪潮，仿佛要挣脱地表岩体的桎梏而彼此荡开。长满红杉的山麓那边，向天升腾起一股浓烟，三四英里外，一定有人在烧断木或是麦茬。

小灶炉的排气管突然在一阵有节奏的“咔嗒”声中爆裂开来，煤炭撒了一地。炒锅的盖子横飞而出，继而冒出一股油腻的热气。紧接着，又是“嘭”的刺耳的一声，培根和咖啡也都飞了起来。

孩子一眨眼间已经钻到篷车下。上尉从座位侧边溜下来，身体左侧着地。这要比起身爬下车更安全迅速。他急忙钻到篷车下，又一轮子弹打中了他头顶上的篷车侧板，无数木屑飞弹到空中。他想起了面粉桶里那些点38口径的子弹。

*他们绝不会杀马，更不会冒杀死孩子的危险。*他这样想着，支起胳膊肘，对孩子做了个安抚的动作。她身体紧贴地面，将脸侧向他，盯住他苍老而棱角分明的脸，这张脸上有鹰隼般无惧而勇猛的神色。他们藏身的地方布满岩石和带刺的阿格里塔灌木，一只蜥蜴划着黑色的“V”字疾溜出去。*他们是从沟里开的火，他们有来福枪。*

上尉爬出车底，爬到冠岩边，找到一处缺口。他拔出转轮手枪，又一颗子弹从右侧飞来，与刚才开枪的位置不同。两次射击都来自右侧，那么第三个人在哪里？他往手上唾了一口唾沫，抹在转轮手枪上，又在上面撒了一把土。史密斯威森牌手枪的枪筒很长，相对精准，但远远比不上来福枪，也没有来福枪的射程远。对方至少能打两百码，可以躲在他的射程外向他开很长时间的火，直打到太阳下山。

步枪呢，则只能用来近距离射击。他有十五发七号轻量级鸟弹，是人们常用来打火鸡和鸽子的东西，除非是面对面用枪杆抵着对方，否则至多打人一脸火药渣，留下永久的黑印，然而近距离接触会大大削减他活下来的机会。弹药匣里还有弹药和弹壳，可以制作更多鸟弹，但这并没有什么用。他静静地趴着，感受到腹内颤抖，为自己与孩子感到深深的恐惧。救救我。

他转身看见乔安娜爬了过来，身后拖着那只装了点38口径子弹的匣子。她把它从面粉桶里弄了出来。面粉沾满了匣子，也沾满了她的手。

他接过匣子，严厉地指了指篷车。她扭动身体爬了回去。

这不是他头一回与人兵戈相向，但在过去的交战中，敌我双方的条件至少是公平的。从两把来福枪的枪声上判断，上尉感觉他们使用的是亨利来福枪，斯宾塞的声音要更涩一些，就像狗吠，但眼下的枪声也可能是因为他们使用了特殊的弹药而造成的。硝烟在无风的山中径直飘上来，缭绕在红杉树间。他嗅着周遭的空气，感到口干舌燥。整夜里他们都在赶路，他累极了，硝烟使光线分散，一切都很难看清。

他没有想到对方会这样迅速地直接开始杀人，他以为他们赶上来后会呵斥、恫吓、以银钱相诱，或干脆冒充孩子的亲人。他想象自己将史密斯威森手枪长长的枪筒抵在对方脸上，说一些诸如“再不走我就一枪崩了你”之类的话。这一切显然不会发生了。人类好斗而邪恶的一面仍然令他感到惊讶。眼下的境况是始料未及的。

孩子躲在篷车下，她静静地听着。接着，她从裙上扯下一段丝带，在脑后绑了个麻花辫。她对眼前的事并不感到惊惧，丝毫也不。

在冠岩的掩护下，上尉纹丝不动地趴在碎石和带刺的阿格里塔灌木间，他等待着。他与乔安娜后方，山林高处，站在那里可将两人一览无余，好在那里与这里隔着整整四分之一英里。阿尔梅与卡毒人是从下方上来的，篷车也许并未暴露。他等待着，风冷彻骨。

他听见远处一把亨利来福枪上膛的声音，紧跟着，一股硝烟从沟右壁一排倾斜的红岩后冒出来。几乎同时，他听到一声刺耳干涩的声响，子弹打在了篷车上。木屑飞溅，如雨一般下在他的周围。帕沙向后一跌，然而没有扯断拴马绳，于是又站了起来，子弹没有打中它。梵希比它更果断，已经扯松绳子，冲进了树林，但很快又停了下来，似乎被什么东西挂住了。

上尉等着另一人或两人的来福枪的射击，假设他们配的都是来福枪的话。他必须节约转轮手枪的弹药，即使面对面，他仍要等待最佳的射击时间。他觉得双眼就要从眼眶里跳出来了，很需要闭一闭。但就在此时，他听见了似乎是点45口径长筒柯尔特上膛时转轮像榔头一样甩进枪膛的声音，紧接着，一排子弹打在了他右侧大约六英尺处。他没有转头，但注意到硝烟是从沟右边更深的地方飘来的。原来第三个人在那里。那枪声不像来福枪那样刺耳、干涩，这么说应该是一把转轮手枪。三人都是从同一个方向上来的。愚蠢，太自负了，他们以为他们对付的不过是老人和孩子。

某种程度上，他并不害怕就此壮烈一死，人活七十一年也够了，但他得顾及乔安娜。

三月，头上温和而稀薄的日光倾泻下来，几乎照不出影子，反光也很少。又是一颗子弹飞来，凿在他左侧黢黑厚重的石灰岩上。他既没有躲闪，也没有往中弹的位置看，而是专心寻找着硝烟。

他看见了，是同一个位置的来福枪，这么说他们只有两支来福枪，第三个人则必须像自己一样将就使用转轮手枪。

接着，他看见一个人从铁锈色的岩岸上跳了起来，跃过沟壑而来，此人配着一把来福枪，上尉开了三枪，打在那人周围的石头上，溅起无数红杉木渣与小耳朵似的盐肤木叶，那是个卡毒人。他们想分两路包抄他，一把来福枪负责左侧，另一把与转轮手枪一起负责右侧。

上尉在仓促一瞥间看到那卡毒人左手上戴了只厚皮手套，这么说来，他猜对了，他们配的的确是亨利来福枪。这种枪没有支架，必须用手扶住滚烫的枪管和弹匣，因此需戴手套。对面又是一枪。他等待左侧来福枪管的火光，它已进入自己转轮手枪的射程。他看见了，立即开了两枪，继而听见“啊”的一声，来福枪飞了出来，插在沟底的岩间。

打中了，至少打掉了他的枪，现在这个蠢货马上就会去捡枪了。

上尉瞄准完毕，等待着，他以为卡毒人一定会去把那支价格昂贵的来福枪捡回来。快去捡啊，你这家伙。突然右侧沟壁上露出一顶帽子，他可不蠢，这必然是用树枝顶着来迷惑他的。

乔安娜，回去！

孩子不理他，已经沿着岩冠向他右侧挪去。她在红砂石宽阔而平整的立面间压低身子迂回前进，赤手攀住粗砺的岩石。探头看了看，又躲了回去。她手里拿着炉盖起子，在一块岩板底部撬了起来。她已将裙裾后摆绕过胯下塞进腰前那截细腰带里，因此看起来她仿佛穿着宽大的土耳其灯笼裤。她依旧赤着脚，这副样子让他想起壁画上见过的，在本都王国大战俄军时穿着破衣烂衫的切尔克斯小孩。这显然不是她第一次参与枪战。*Mao sap-he*，她说。卡毒人，戴鼻环的人，他们死定了。她不管他是否能明白自己的意思，只觉得必须要说出来，他们死定了。

上尉回到掩身的缺口处，透过左侧的叶丛，看见了在岩间猫腰潜行、下到沟中去摸枪的卡毒人的黑发。他又放了一枪，一声惊呼，传来了呻吟。这一个受伤了，伤势是否严重还未可知。他戴在帽檐下的破旧汗巾渗出了汗水，汗水流进双眼，他用左右肩膀轮番地迅速抹掉流进双眼的汗水。他不得不又给枪上了一轮子弹，心里有些吃惊，没有意识到自己竟开了这么多枪，他的手上沾着子弹匣上的面粉。

乔安娜依然在用炉盖起子撬那块岩板，他没想到她竟然撬动了。她将它推下去，岩板仿佛一只竖着的盘子，一路翻滚跳跃着下了坡，在一块凸起的小岩包上砸成两半，接着，碎掉的岩板砸到了某个人，传来一声闷响，几乎只是“哼”的一声，一个男人从藏身之地跌了出来，滚下了坡。

好孩子，他说。真是个小魔鬼！他大笑起来，一枪又一枪地开着火，无所顾忌地消耗着子弹。接着又对自己懊恼起来，他分明看见了最后那个人，却怎么也射不中他。接下来，那个人消失了。

十美分枪击事件

他还剩二十发子弹，他弹开转轮，重新填弹。

她回到他身边时，他对她微笑着说，你真是太厉害了。

她表示同意，庄严地点了点头，又立即把注意力集中到了敌人身上。

又一轮来福枪子弹仿佛炸药般击碎了他面前的岩石，他在飞溅的碎石中埋下头，感到一阵电击般的疼痛贯穿头颅，这是一种神经痛，他觉得右眼模糊起来。他迅速擦净右眼，寻找硝烟的位置。再一次，在右下方找到了它。她用岩板打中的很可能是那个拿手枪的人。沟壑间，溪水淙淙，每一个地方都闪着晶莹的光。上尉又抹了一把眼睛，看了看自己的手，手上沾满了血，一块碎石打中了他的右眼上方，他本以为血不出一两分钟就会止住。

他可千万不能在这时候瞎掉或者死掉，不然，他很清楚那些人会对孩子做出什么事。有些人生来缺乏人性，杀生对他们来说是一种需要。

他开始思索对方的伤亡情况，也许他已经打歪了那人的枪筒，这样那人就不能瞄准了。左边的那个男人应该也中了弹，但究竟伤势如何他无法确知。第三个人因为乔安娜推了一块石板下去也被打伤了。

他垂下头，将前额抵在指关节上，他的衬衣上满是血点子。他思索着对策，他们可以一起骑帕沙逃跑，只要把梵希从挂住的地方解开，它就可以跟着他们跑。一旦与阿尔梅和卡毒人拉开距离，他就能拉住马，把孩子放到母马上。唯一的问题是，梵希有一条前腿跛了，既跑不快，又容易摔倒。他们可以朝山麓那边的浓烟跑，去看看那里有什么。

乔安娜又给他带来了皮水壶，上尉翻身仰倒，猛灌几口，水从嘴角流了出去。他盖上瓶盖，阿尔梅和他的跟班有沟底取之不尽的泉水，他和乔安娜却只有这样一壶水。他这样想着，将水壶交还给她。

他不停埋怨自己为什么没有带更多子弹，虽然这么想也无济于事。为什么没去买子弹？因为他们不得不在大半夜离开达拉斯，这就是为什么。

孩子向他举起一块湿布，他接过来，擦了擦额头和眼睛。幸好有问题的是右眼，而他惯用左眼瞄准。伤口虽然不深，但似乎打中了某根神经，导致整个头皮都在突突刺痛，但这无关紧要。他两只眼睛目前都能看得很清楚，他视力很好，而沟下那几个坏蛋很可能以为他只是个半瞎的老人。这你们可想错了。他又翻身趴下，刚才短暂的休整很可能已让对方犯了糊涂。他在转轮手枪的射程内突然看到了来福枪枪杆，他将八英寸口径的转轮枪管架在岩石缺口上，小心翼翼地瞄准，开枪，欣喜地听见一声痛呼。

唱喂，她说。

他看清她深蓝色的双眼中充满了担忧。亲爱的，他说。我们得面对现实。

他甩开转轮手枪的装弹轮，摊开手，好让她看到里边已经没有子弹。在他的另一只手里，是余下的十四发子弹。

她伸手拿过鸟枪，看着他。这没用，他说，没用。他给她看鸟枪子弹，除了轻量七号鸟弹，他没有别的可打，而且射程也不够。他指了指帕沙，又指了指她。他的黑鬃枣红马像一尊瓷器般一动不动地站着，背上驮着行李，两只耳朵紧张地对着前面，一直对准沟壑的位置。要这受惊的马跑起来也许有些困难，但孩子没有问题，所有平原印第安人，即使是孩子，都会骑马，而且都善骑。

走，他做了个“离开”的手势，快跑。

他已下定决心，因此语气非常坚决，脸上也毫无笑意。

对方喊他了，想跟他做笔交易。

Haina，*haina*。不，她不跑。

骑马快跑，他说。他倒爬几步，从篷车的前车毂上拿下帕沙的缰绳扣，举手递给她。上尉知道沟下已有两人负伤，此时逃跑，她也许有机会。该死，快跑啊。

Haina。

他突然累了，要同时应付孩子与敌人，他感到力不从心。他攥着手中最后的十四发子弹，爬回岩边，找到射击的缺口。他填好转轮，又朝大致方向胡乱打了三枪，希望有哪颗子弹能通过反射击中躲在右侧岩体后的阿尔梅。一个卡毒人突然猛冲上沟壁，闪进障碍之后，这使他又浪费了两发子弹。他从判断力到体力都感到不支。唯一令人欣慰的是，那个卡毒人有一只手正在出血。

乔安娜，快骑那匹马跑！

他垂下头，将前额搁在手臂上。再抬起头时，手臂上有了一个血印子，形状像一只眼眶。她已不知去向了。他将湿布摁在眉骨上，头颅再一次感到那诡异的神经痛。接着，他看见她返转来，一手提着鸟枪，一手拎着弹药匣。她还把钱袋也放在了弹药匣里一起带来，她浑身是土。他想自己大概也好不到哪儿去。她将钱袋推向他，指了指沟里。

乔安娜，给钱他们也不会走的，他说。他拍了拍她的手臂，她的发辫松散，头发如门帘般在她稚气的脸庞边一左一右披散下来。他说，他们不会接受贿赂，不会因为一袋钱就放我们走。他看着她焦灼的蓝眼睛，一个可怕的念头一闪而过。他感到自己的双眼流出了泪水，也许那只是汗水。绝不能让她落到他们手里。绝不能。绝不能。他只有八发子弹了，六发在枪膛中，两发在手心里。他说，钱没有用，亲爱的。

她又把鸟枪推给他。

他摇了摇头，也没用。他扭开一发鸟弹，将里面的小铅珠倒在手心里给她看。

左侧又开了一枪，子弹打在车辕附近。卡毒人一定已经拿回了来福枪，不管伤势如何，卡毒人眼下又能射击了。从硝烟位置判断，卡毒人占据了一个更高的位置，距离大约在五十码开外。一旦让卡毒人爬到比他们更高的地方，从那里向他们射击，那就没有任何挽回的余地了。上尉寻找卡毒人的踪影，看见了飘动的黑发。

他感觉乔安娜扽了扽他的衣袖，他低下头。

她举起一枚鸟枪弹壳，弹壳里塞满了钱币。

他凝视着躺在乔安娜高举的手心里的弹壳。

他伸手将它拿过来，虽然一轮子弹此时又砸在了正面的岩石上，虽然他条件反射地颤抖了一下，但没有抱头匍匐在地。他掂了掂手中的弹壳，顿时松了口气，叠起来的毛币恰好能挤进二十号鸟枪弹壳。

哈，真没想到。

装了毛币的子弹非常重，他检查着弹壳，她则用装药器给弹壳装药。他看着她用拇指熟练地按动一次给药二十格令[1]的给药器：一下，两下，三下，四下，八十格令弹药。对他的老式鸟枪来说，这子弹可真够重的。上尉拿过装满毛币的子弹掂了掂，禁不住笑了。

太棒了，他笑道。十岁的丫头竟是个野外求生专家。

有毛币和过量的弹药加持，鸟枪现在变成一台小型加农炮。不仅如此，重物的飞行距离更远、飞行速度更快，射击范围也许甚至能达到两百码。

他笑得停不下来。真没想到，真没想到，他说。原来他俩还有出路，局势完全不同了。好孩子，乔安娜，好孩子，我亲爱的小战士。

他顾不上浑身的无烟火药味儿，也顾不上乔安娜双手沾满了面粉，两人身上全是布拉索斯乡间的红泥。突

1　格令（grian），弹头重量的国际通用单位。

然间，上尉觉得自己不再疲惫。她咧开嘴，露出孩童雪白的小牙齿，对他快乐一笑。上尉举起一只手，少安毋躁。她点点头。

首先，他们要制造一些假象来迷惑敌人。他拿起一枚普通鸟弹，填进鸟枪里，将枪杆架在崖边缺口上，她则在一边继续往弹壳里填毛币，填上一把，用木棍捅实，又拿起弹簧给药器填火药，然后再填上一把毛币，最后才把弹壳拧起来。

他往沟中打了一枪，听见七号鸟弹的铅珠在沟底石间扑簌簌地四散开来，听上去毫无杀伤力。

阿尔梅的笑声从下面传上来，他喊，你就没有别的可打了？

你敢走近些试试？你这狗娘养的！上尉答道。

哎呀，我可不敢呐，毕竟你有那么多装饰蛋糕用的小糖珠呢，阿尔梅又喊。

那你就来啊，上尉说。

他琢磨着卡毒人在哪里，也许他们正在处理伤口，如果因为失血过多就快死了那是最好。他又装上一颗七号鸟弹打出去，铅珠喷射到空中，仿佛枪管打了个喷嚏。他瞥了一眼乔安娜，她还在往弹壳里装毛币。

听我说，阿尔梅说。他依然藏身于某块岩壁之后。

我想不听也不行啊，上尉喊道。

讲价你应该是内行，这该不会是你第一次吧。

他们要做的不是谈判，因为他们以为自己已经胜券在握。他想杀了我再掠走孩子和马，同时烧掉车，因为车上“药泉”二字太显眼，他现在想要挪近一些来杀我，同时又能避免误伤孩子。因为他对自己的枪法不太有把握，他是从下往上开枪，这比从上往下开枪难。

上尉拉动枪栓，弹壳冒着烟跳了出来，孩子一把攥在手中。他拿起一枚由她填了毛币的子弹上膛。子弹的重量应该能让他打出一百七十至一百八十码甚至更远。他将枪管架在石崖缺口上。

你想怎样交易？上尉喊道。

明智！既然如此，我也可以讲道理。

那你上来，我们商量商量。

金发男人将帽子举过岩壁，帽上有个洞。上尉，他说。您刚才可是冲着我的脑袋开枪的。您这手可是黑得很呐，我们的确该好好商量商量。

此话怎讲？

听我说，阿尔梅说。

这话你刚才说过了，不必反复说。

现在我们来做笔交易。

他为什么要拖时间？上尉知道阿尔梅拖住他的唯一原因是要给卡毒人悄悄爬上来的机会，左侧某处传来一阵沙石滑落沟底的微弱声响。

你说啊，上尉说。磨蹭什么？我顶讨厌磨蹭。

阿尔梅知道他有鸟枪，也知道鸟弹的射程不远，所以他很自信地从岩壁后面踱了出来。除此之外，他还推测上尉已经打完了转轮手枪的子弹。因为显然上尉已经不再使用转轮手枪了，上尉只能退而求其次，拼死拿起鸟枪，用它胡椒粉般轻盈的弹药射击了。阿尔梅在沟底沉着走来，卡里尔泉的泉水冲刷掉石层表面的红土，露出其下如大理石般坚硬的岩层，纯白如雪，平整似镜。漫长的时光将它雕琢成阶梯，纷乱地铺排在沟底，这种雕琢也许从诺亚方舟的年代就开始了。阿尔梅脚上蹬着齐膝的靴子，一手拿着帽子，迈动两条长腿，从一块岩板跳到另一块岩板。他的头发被汗水湿透，发色因此暗淡无光。可见为了赶上自己，阿尔梅快马加鞭地骑了很长一段路。

这么说吧，阿尔梅说。只要你放下枪，我就让我的人把枪膛也卸空，我们坐下来好好说话。

他已进入了两百码的射程，还在继续走近。快啊，再走快点。

我已经放下枪了。

上尉仔细瞄准，他还不清楚子弹中加了毛币和过量弹药会给弹道造成什么影响。因此，他先对着阿尔梅衬衣领口的“V”字扣动了扳机。

毛币以每秒六百英尺的速度呼啸着飞出枪管，带出两英尺长的火光。一股浓黑的硝烟喷涌而出，枪托向后撞在上尉肩上，差点没使它脱臼。他用一堆国家制造的十美分硬币，打中了阿尔梅的前额。硬币飞出子弹壳后纷纷偏转，看起来仿佛给阿尔梅的前额画上了许多短破折号，这些破折号里慢慢沁出血来。阿尔梅头冲山下向后倒去，上尉只能看见他的靴底。

上尉扯下帽子，垫在枪托和自己的肩膀间，头也不回地向后伸手，一枚填了毛币的鸟弹立即送入手心。他将子弹上膛，枪栓就位，瞄准落荒而逃的卡毒人。随着又一声加农炮般的轰鸣，毛币以目力无法追随的速度飞向空中，银光闪闪地打在沟底，四散弹射，二十号鸟弹填入过量弹药后打出的声响仿佛手榴弹爆炸。十美分硬币侧飞出去，打中一个卡毒人的屁股。如雨的银币穿过山下树林，哗啦啦削断了常青橡树的枝叶，反弹在岩石上，又打中了另一个卡毒人的后脑勺，他本能地回身应战，恰逢上尉的第二枪追打而至。银币仿佛女性裙裾上的亮片，割开他们的无袖上衣，把他们的帽子打成了笊篱。

真没想到，射程看起来足有二百五十码，上尉说。

最后，他向后靠到红岩上。他的神经仿佛保险丝，热得要发出光来，但他已经不再疲惫了。我把他们消灭了，我做到了，我们做到了。

她又举起一枚鸟弹，开怀地笑着。

不用了，亲爱的。他狠狠地呼吸着空气，他的眉骨还在疼。这钱我们要买日用品的。

他背靠岩石把气喘匀。乔安娜一跃而起，柳杖一般笔直地立着。她仰头向太阳，扯着嗓子，大声唱起来。她蜜糖色的头发沾满了面粉，一阵阵在风中飘动。她手拿割肉刀，高举过头，唱道：嘿！嘿！ *chal an aun!* 敌人败了！他们落荒而逃，他们心虚力薄，嘿！嘿！嘿！敌人被赶到了另一个世界，去到那幽黑无水的地方受苦了，嘿！嘿！嘿！ *Coigucu Khoe-duuey!*

我们基奥瓦人，我们强大而坚韧！

远远的山下，卡毒人听见基奥瓦人胜利的经文，听见他们剥头皮时特有的唱诵，身处河口也顾不上灌满水壶，马不停蹄地跑了。

接着，她让裙摆继续掖在腰间，就穿着这仿佛土耳其灯笼裤的东西，高举割肉刀，就要往山下爬去。上尉一把抓住她裙子时，她半个人已经爬到了崖下。

她要去剥阿尔梅的头皮。

不，不，亲爱的，我们……我们这里不流行这么做，他说。

Haain-a?

不，绝对不行，不行。不能剥头皮。他抱起她放回岩崖上，自己也爬了回去。他说，这么做很不礼貌。

布拉索斯渡口

他重新套好车，把放在车后盖上的小零碎重新装回兜里，“砰”地一声关上盖，他必须尽快找地方过布拉索斯河。上尉一路踩着刹车纵马下山。因为山势陡，车辕冲得比梵希更低，车闸在轴上嘶声尖叫。所有东西都被堆到了驾座后板上，乔安娜就在这些工具、食品、毛毯间颠着，手里抓着那把转轮手枪。虽然里面的子弹已被他卸掉，但她还是愿意抓着。两人都蓬头垢面，仿佛历尽了劫难。篷车在红岩与硬灌木间向山下俯冲，上尉祈祷着，希望车上的拉杆可别断了，开裂的轮圈也还能支撑。

他们安然无恙地下了山，没落下任何一件东西，任何一匹马。

上尉的神经仿佛风中的电报线一样嗡嗡作响，他知道自己就快撑不住了。他警惕着被砍伐过的橡树林间的响动，不放过布拉索斯河边近水低地上香榧林中的任何一处阴影。小路在河的北岸羞涩而驯顺地延伸，依地势在林中起伏蜿蜒，并不坚持自己的方向。他一边赶车，一边注视着路边的每一处。一旦有人，他就做好了立即射杀这个人的准备。他必须放慢节奏。为了乔安娜，他必须镇静下来，至少要显出镇静的样子。卡毒人用岩石埋掉阿尔梅后，一定会悄悄溜回俄克拉荷马。有一天，尸骨将被发现，人们将会揣测尸骨的主人。阿尔梅的头已被国家货币崩开，他将再也无法买卖童妓。嘿！嘿！嘿！上尉的心终于安静下来。

那天晚上，上尉给自己的前额抹了灰色创伤药，便沉沉睡去了，睡得仿佛一个死人。那些照例在战斗后惊扰他的噩梦，不知为何，一个也没有来。也许它们去找别人了。也许今晚，他不在它们的行动地图上。

他醒来时，发现自己躺在高大的香榧树下，空气清朗，自己的上方支着一顶整洁的帐篷。他听见近旁流入布拉索斯河的小溪发出汩汩的水声，新发的香榧树叶在微风里沙沙低语。他听见乔安娜大声喊，吃！现在你吃！也听见马匹吃草时脖铃的叮当声。他从她手里接过盘子，慢悠悠地吃着。小灶炉里幽蓝的炊烟在空中低低地飘着。他们脱险了，他和孩子都还活着，且都正在香榧林间安详地吃着早饭。新叶仿佛绿色的圆点，将阳光打碎，在他们身上与烫金的“药泉”马车上投下摇曳的斑驳阴影。

他抬手摁了摁眉骨，伤口有些肿，但没有大碍。他虽然还能像壮年人那样操劳，恢复起来却要慢上许多。但他必须尽快恢复，他们还有很长的路要走。

马匹也像他一样需要休息和养护，这一点，他需要教给乔安娜。平原印第安人不懂爱惜马。他们骑得狠，迫不得已时甚至把马吃掉。他弯腰检查梵希和帕沙的腿脚是否肿起，但它们看起来都很好。最后一次换掌是在波伊镇，很快它们就必须再换新掌了。他暗暗用力，直起身，几乎能听见每一节脊椎归位时发出的咔啦声。

他在绒面旅行袋上坐下，背靠车轮，思绪不断回溯战斗的场面，为了分散心神，他一边抽烟斗，一边喝咖啡，一边看帕沙吃草。乔安娜像个六岁的孩子那样在溪涧里玩耍。她唱着歌，翻着石头，拍着水花。为了安抚和镇静自己，他回忆起在军中做通讯员到处跑的日子，回忆玛丽亚·路易莎和他们的女儿。也许活着就是为了传达消息。努力活下去，把消息送到。也许我们每个人都有一条消息要送，我们在出生时接过它，并不知道它说的是什么，这条消息也许跟我们自身毫无关联，却必须由一个生命终其一生携带，并在生命的终点将它原封未动地交出。

他虽然没怎么休息，却已经有了前行的力气。于是，他们又上路了。

翌日正午，他们来到布拉索斯渡口。水流渐缓，荡开绿色的水涡，一人高处漂浮着烧燃朽木的青烟。此岸没有渡船，他看见对岸下游大约一百码的地方有条栈道，正是顺流而下自然能抵达的地方。栈道看起来完好无损，基木似乎还坚实，但河水高涨，以后怎样还很难说，河泥可能将栈道掩埋，河水触手般的激流下面也许漂浮着巨大沉重、足以将基木砸断的树桩。

他们再一次面临必须自己想办法过河的局面，他再一次解开了帕沙，小母马梵希也再一次扎进河里，它与河水搏斗，一行人顺流而下，乔安娜揽起裙摆，随时准备跳车，好在他们顺利地渡过了。

对岸就是兰帕瑟斯路，他们彻底偏离了梅兰迪恩路。但这不要紧，他们很快就会抵达杜兰德，那里更大，人口更多。上尉希望杜兰德人的兜里都不缺钱。

下了一小阵雨，世界再次变得潮湿，常青橡树上每一片努力依附着枝头，度过了一整个寒冬的树叶尖上都缀着一颗晶莹的雨珠。常青橡树在冬天并不落叶，他曾在一个大雪天里见过它们郁郁葱葱的树冠。

乔安娜抬起头，看落雨的天空和头顶的树盖。她的脸上露出警惕而好奇的神色，轻轻地说着基奥瓦语。这么多水，这么大的树，每一棵都住着神明。雨滴像珠宝，从常青橡树蛛脚般纤长的枝头扑簌簌地落下。

他说，树。他摘下旧宽檐便帽，用手指梳了梳如蛛丝般纤细雪白的头发，又将帽子戴了回去。

对，素，素。

他指点着，这是松，这是栎，那是杉。说完属，又细细地说种。

嗯，基德唱喂。

他们一边赶车，他一边指帕沙，又指自己的鼻子，还指了指车后的培根。她过去似乎接触过英语。也许她的记忆只需要一点触动。她说，麻，鼻砸，牌根。接着他站起来。榨，她说。他坐下。卓，*Kontah*，卓。

基德上尉知道*Kontach*是“爷”的意思。至于她这么说是代表尊敬，还是她族中本就有这个习惯，他就不知道了。

他说，*Kontah*，*Opa*。

堆，堆，*Kontah*是*Opa*！

*Opa*是德语中“爷爷”的意思。两人间的理解程度又进了一步。*Opa*一词似乎又触动了她脑中的某个机关，引起了她对另一种语言、另一批词汇和另一种语法的回

忆。她想了想，又说，吵啥哪坡叟（乔安娜拍手），说完拍了拍手，吵啥哪消（乔安娜笑），说完假装大笑起来，在座椅上笑得前仰后合，又举起手，伸出五指，咦，而，伞，斯，无（一，二，三，四，五）。

上山打老虎，他说。他看到她疑惑的表情，看到她努力揣摩的样子，拍了拍她的手背。不懂也没关系，他说。

妹关系。

她既不会发德语的"R"音，又发不出英语的"R"音，两种语言中的"th"音对她来说也很可能永远成谜。余（雨），她说。随（水），很多很多随，很多很多余。

很好，乔安娜！很好。

哒哒哒——她哼着小曲，前后摇晃着身体，又忙着把裙摆上剩下的碎花边扯下来。她在布拉索斯河边上战斗时，为了扎辫子，已经扯下了一半花边，眼下她决定将另一半也扯掉。

只要还在路上，她就很满足，世界对她构成极大的吸引，一旦她发现自己将不再游走，将被永远囚禁在她姓里昂伯格的亲眷的坚实的大房子里，而那房子无法被随时拆卸、打包、装在印第安人旧式雪橇上，她将作何反应？一想到这里，上尉的心里就泛起失落。辛西娅·帕克回到她的白人家庭后，活活地将自己饿死了，邓波尔·弗兰德也一样。还有其他回来的人，不是酗酒，就是成了孤形吊影的怪人。所有回来的人，他们都成了怪人。他们心里充满奇异诡谲的东西，皆不着边际。就像朵丽丝在西班牙堡时说的一样，那些自幼被掳的人，回来后都难以安顿，都在寻找一种灵魂的慰藉，他们同时被两种文化抛弃，仿佛黯淡的流星，迷失在太空深处。

而眼下，在他们共同战斗了以后，在他们相互救出了对方以后，他还能再将她抛弃给她的亲人吗？他不得不这么做，因为他们是她的血亲。现实叫人痛苦，但他已经受够了焦灼不安，于是，他把心神拉回到当下。

到了杜兰德，他得再念一次报，因为在之前的战斗中他们差不多打光了所有硬币。上尉过去的积蓄，因各州间的战事和几笔资产税债务的偿付，已经消耗一空，虽然债务数目不大，但始终需要偿还，加之圣安东尼奥地方联盟国支援委员会曾以囚禁相胁迫，逼上尉投资联盟国债券，到1866年[1]，上尉所有银行存款和股票也都打了水漂。为了还债，他卖掉了印刷店，从此做起了颠沛流离的买卖。此事前一年，玛利亚去世，她的死仿佛解开了某种羁绊，上尉俨然切断了锚绳的热气球，随风飘起，任凭机缘主宰他的方向。他今年快七十二岁了，最

1 1865年，联盟国失败，债券自然成了白条。

值钱的东西就是他那块猎用金怀表、那匹叫帕沙的小马，以及一副娓娓道来的好嗓子。

吵啥哪跺蟹！（乔安娜跺鞋！）她抬起赤脚，指了指，接着把脚跺在车底板上。

那不是鞋，那是脚。他伸手从车后摸出一只她的鞋来，举在手里，那是一只系带方头皮鞋，有一英寸的鞋跟。鞋带已经不见了，被她拿来派了别的用场。鞋，他说。又指了指她的脚，脚！

匪藏好，吵啥哪跺脚！吵啥哪回叟！（非常好，乔安娜跺脚！乔安娜挥手！）她挥了挥手。唱喂起逆！（上尉起立！）他站起来，唱喂卓下！（上尉坐下！）他坐下来，唱喂坡叟！（上尉拍手！）他疲倦地拍了拍手，唱喂消！（上尉笑！）

还是算了吧，他说。

哈！哈！哈！唱喂，消！

好吧，他尽量发自内心地大笑。哈！哈！哈！好，今天就笑到这里。

上尉的笑让她忍俊不禁，也哈哈大笑起来。她又喊道，唱喂池朝饭，吵啥哪搭枪（模仿枪声），马泡，唱喂搭枪（又模仿枪声），咦，而，伞，斯，无。（上尉吃早饭，乔安娜打枪，马跑，上尉打枪，一，二，三，四，五。）

很好，亲爱的，现在让我们安静一会儿。我老了，神经很脆弱，容易疲劳。他依然感到疼痛在头皮上蔓延，他的右眉骨很可能得缝一缝才行，但眼下是缝不了了。

余好，马搭枪，哈哈哈！马池朝饭！马消！（此处模仿马嘶声）（雨好，马打枪，……马吃早饭！马笑！）她“坡”着她的“叟”，笑着。就这样，两人沿着博斯基河边的兰帕瑟斯路穿过树林，向杜兰德的方向去了，曾被基奥瓦人掳去的孩子不停地杜撰着越来越违背常理的句子，而上尉的眼里充满了痛苦的泪水。

咦个脚，而个脚，咦个叟，而个叟，而个马，嗒马，校马……（一个脚，二个脚，一个手，二个手，二个马，大马，小马……）

乔安娜，别说了。

吵啥哪，别锁啦！

在离杜兰德约莫一英里的地方，常青橡树依然滴着水珠，一队男人骑着马向他们走近。上尉举手示意乔安娜安静，她立即闭上了嘴，不再发出一点声音。来人虽然衣帽不整，但配着精良的武器，他们把所有的钱都花在了购买转轮手枪和新式多发短筒卡宾枪上，簇新的斯宾塞枪闪烁着冷峻的光华。

太阳出来了，正午的阳光笼罩着来人。他们的身上缀满从树上洒下的雨珠，闪闪发光。上尉停下车，沉稳地看着他们，丝毫不为所动，内心揣摩着对方是否已经知道了布拉索斯河上的“十美分枪击事件”。

他猜测着对方的意图，对方的来处。1870年的得州还有无政府军，每个人只为自己认为正确的活法而活。

来人中有一个蓄着短黑胡子的男人，他引马走到上尉的那一侧停下，他的马镫连同外罩的皮套一起在静止的车轮上敲击着，铿锵有声。他俯视着两人，俯视着上尉眉角的切口和衬衣上的血迹，俯视着轮辐上的污泥。一个老人和一个孩子。孩子躲在被撞歪了的前挡板后面，脏兮兮的手指抠着挡板的上边缘，只露出一张小脸。马背上的男人肤色和眸色都很深，但这对乔安娜来说毫无意义，美国原住民不靠肤色识人，他们看神情，看体态，看手上的动作，他们借此保全自己。此时，乔安娜碧蓝的双眼正带着疑惑的神情，死死盯着那个男人。

嚯，药泉？他瞅着车体上的金字。

我是从车主人手上买的，基德上尉说，他破产了。他尽量让自己的声音听起来平静、理智，他必须为孩子的安危考虑。

买的时候就有弹孔了？

是的，事实上正是如此，上尉说。他反复捋着旧帽子上卷起的帽檐，想把它展平。他的脸上有长了两天的白胡须亟待刮除，上面还缀着水珠，他知道自己看起来一定像个乞丐，但他穿着帆布大衣挺身坐着，时刻准备去拿放在左前方那捆培根下面的转轮手枪。他说，是的，到手时弹孔就这么多了。

真奇怪。那么，你这是去哪儿呢？黑胡子男人问。他的嗓音低哑，不怀好意。

上尉想了想，决定直说。刚才看见的白烟，想必是他们营地上篝火的烟，这说明营地就藏在附近某处。

我们去杜兰德，上尉说。

那是你的目的地吗？

不是。

那你目的地是哪儿？

卡斯特罗维尔。

那是个什么地方？

距圣安东尼奥十五英里的一个地方。

那可要赶好长的路呢。

上尉很想说这同你这么一个下三滥的反动军有什么关系，但他还是低下头，笑向孩子，脸上露出许多慈祥的褶子，拍了拍她抠在车板上僵硬发白的手指。

他说，这孩子是基奥瓦人战俘，最近才被救回来，我要送她回亲戚那儿去。

原来她是野人呀，那人说。他打量着孩子，她的头发沾满灰泥，已经发硬，指关节上的皮都磨破了，裙子上沾满泥土、煤渣和猪油。那人摇了摇头，为什么那些人老去偷别人家的孩子？我真不懂。他们自己没有孩子吗？

我也不懂，上尉说。

黑胡子男人说，就像猪不知道有礼拜天一样，印第安人也不知道肥皂。小姐，他说，你看我这儿。

他摸着牛仔裤上的怀表兜，掏出一块沾满线头的咸味太妃糖，坐在鞍上探过身，微笑着将糖递过来。她以迅雷不及掩耳之势将糖块拍到车板前很远的地方。

啊哈，男人点点头。他们回来时都成了野蛮人，这我听说过。

其他人都骑马绕着篷车打转，他们松弛地坐在各自的军用马鞍上，都没有要拔出卡宾枪或转轮手枪的意思，显然不觉得乔安娜与上尉能构成什么威胁。

上尉猜测他们一定还没有听说布拉索斯河上卡里尔泉边伟大的“十美分枪击事件”。虽然这件事情两天前就已经发生了，但这伙人想必不常离开这片区域，而且电报也还没有在得州普及。

政治上你支持谁？黑胡子男人问上尉。他的态度出现了转变。你会给谁投票？戴维斯还是汉密尔顿？

上尉这下知道了，在杜兰德念报会遇上麻烦，但他们已经把钱打光了，前方又还有一段长路要走。除了念报，唯一还能筹钱的办法就是把马车卖了，骑马前进，但他的髋关节和腰椎都已不如从前，长途骑马对他来说变得越来越痛苦了。

他说，你这人怎么这样冒失，竟敢问我给谁投票，国家说过我们公民投票是不记名的。我可是打过蹄铁湾战役和帕尔马牛轭湖战役的老兵，我可不是为了建立一个腐败的南方独裁国而去打仗的，我打仗是为了还给英国人民生而有之的自由。

行了，这么说他们应该就糊涂了。

原来是这样。黑胡子男人想了想。所以，你是英国人？

不，我不是。

那你刚才为什么说英国人？

别管这个了，基德上尉说。你把我拦下来有官方的许可吗？我快要失去耐心了。

另一个戴了顶高帽子的人说，任何支持戴维斯的人都不许进伊拉斯县。

这是你们当地行政机关的规定？

黑胡子男人笑了。他说，先生，我们这儿没有行政机关，也没有县治安局长，戴维斯的人把他给赶跑了，这儿也没有治安法官，或者市长什么的，一个官都没有了，戴维斯和美军部队把他们都给赶出去了。他们以前不是联盟国军人，就是联盟国公职人员，自然就落这个下场。不过，戴维斯也没再找人来接替他们。所以我们呢，就代劳了，你归我们管。

基德上尉低头瞥了一眼乔安娜，后者瞪着一对蓝眼睛，正屏息凝神地听着。他又拍了拍她的手指。你要多少钱？

双方都沉默了。

你就给五十美分吧。

不允许裸泳

他们在博斯基河边一个水磨扫帚作坊的卸料场停下，河边有许多叶杨，虽然空中无风，嫩叶依然颤抖着，滴落着针尖大小的晶莹的雨水，上尉已经许久没见过叶杨了。博斯基河很浅，他们过河没有遇上任何麻烦。

拉磨的水车转动着，舀起一方方水，又将它们倒回河中。一个正在捆扫帚的男人抬起头，他坐在一台制作扫帚的机器边，周围堆满高粱穗，一捆扫帚柄就放在近旁。扫帚和人都在一间山洞那么大的厂房里，厂房没有四壁，只有一个屋顶，顶上铺着瓦，作遮阳挡雨用。一条条流云在低空仿佛梯杆般排列着，几只鸡眨着澄净的黄眼睛，四下里游走逡巡。

上尉打听是否能在此留宿一夜。

男人说外头有旅馆。

嗯，基德上尉说，但我现在付不起钱。

还有个赶车的旅店。

还是这里看起来安全。你看，我还带着孩子。你留我过夜，我就给你十五美分。上尉倾身用一对鹰眼定定地看着男人。

我可没这么容易打发。

那你要多少？

五十美分。因为你还得用我的水泵，还得喂马，另外还得用我的劈柴烧火，睡觉也还得铺我的稻草。

天哪，基德上尉叹到。棉花十七美分一磅都卖不出去呢。

我又不买棉花。

基德上尉转向乔安娜。亲爱的，他说。给我五毛钱！

她一头扎进弹药匣，找到一枚鸟弹拧开，从里面倒出了钱。

基德上尉尽量把自己洗得像个人了，用一片湿布轻轻点了点眉骨上的口子，抹了一点灰色的创伤药。接着，他给乔安娜看表，告诉她针走到哪儿时自己会回来。她全神贯注地盯着表盘看，用手指点着水晶罩子，先放在时针上，又放在分针上，目不转睛地看着它像小虫一样向前挪了一格。

时间，他说。两点。

时间，*Kontah*。

短针走到“3”的时候，我就回来。

他把怀表放在她手心里，觉得她很有可能已经明白他的意思了。

他在旧帆布大衣的兜里又扔了些硬币，就向镇子走去。大衣的兜的边缘都腻了灰土，仿佛镶了黑边，过不多久就不能再穿了，必须买件新的，但这要等他有了闲钱以后才行。杜兰德有一条主街，两边铺着宽敞的人行道，镇子其余地方都星散在树林和坡地上。叶杨爆了芽，杨絮飞满街道，飘飘洒洒，在各物各处的角落里堆攒起来。

他先去百货市场查看念报的场地，那是一个形状狭长的市场，里边全是各种玻璃橱窗，陈列着刀子、牧羊女瓷娃娃、银质餐具和餐巾。贴墙的架子上陈列着衬衣和背带，往里走还有成鞋、成靴、工装和一卷卷布匹，男女内衣无疑都藏在柜面里头。在这里能凑合着念报，小钱也能慢慢攒成大票子。

他在杜兰德镇上到处张贴告示，身后跟着一堆淘气孩子，全都穿着背带裤，戴着草帽，有些穿了鞋，有些赤着脚。上尉让他们赶紧散了，说不然就要拧掉他们的鼻子。他问孩子里最高的一个，是否明白告示写了什么。

我想明白就能明白，那孩子说。不过我无所谓明不明白。

你还挺有主见啊，上尉说。其实这上面说的是，我今晚要把一个女人锯成两半儿，那是个胖女人。

孩子们一听，都狐疑着脸，不再跟着了。他继续走下去。

他在出租马棚里贴告示，在学校贴告示，在饲料食品店贴告示，也在羊毛仓库贴告示。在高高地堆着杉木的木场、在马车制造厂、在皮具修理厂等地方，他也都贴了告示。他遇见一个穿黑羊皮外套、内穿背心、脚穿一双普通侧开钮黑靴的男人，就也给了他一张告示。这个男人手里拿着金头拐杖，他垂下目光，瞥了一眼上尉的马靴，那双马靴一望便知做工精良。

真是好鞋，男人说着举了举帽，又读了传单，新闻，我们这儿可不多。您是从达拉斯来的吗？

对。

戴维斯派到那里的人怎么样了？

基德上尉嗅到了危险，但他别无选择，只得随机应变。我不知道，他说。我只是在那儿买了几份报纸，最新的消息都是东边来的。

那你会念《每日州报》吗？

不念，那份报只是政治宣传工具罢了。

先生！

这是我自己的想法，鄙人不愿替奥斯汀政权做免费宣传。基德上尉生来不善于服软，也从没服过软，如今老了，再想学着服软也晚了。他说，所以你得理解，我只会念些发生过的事情，都是些很遥远地方的事情，所以听起来可能有点像童话故事，你要是对这样的新闻不感兴趣，你就待在家。他挺直腰板，俯视着男人，磨光了的外套和邋里邋遢的便帽也不能将他的威严减少半分。

男人说，我是毕维斯医生，安东尼·毕维斯，我不认为《每日州报》上写的是童话，该报对时下的政治争斗有很大的贡献。

我并没说该报写的是童话，医生。基德上尉也举了举帽子，要真是童话就好了。祝您日安，先生。

回到水磨扫帚作坊，乔安娜已经干了不少活。作坊男人眯缝着眼，看着晾到洗衣绳上的毯子，甩进车板里的缰绳头，小炉子上做着的黑豆培根，面带狐疑地审视着篷车上烫金的“药泉”二字和满车的弹孔。他告诉上尉，孩子已经牵马去博斯基河畔吃草了。

那孩子好像不正常，他说。

哦？哪儿不正常？基德上尉说。他握着一支木匠专用的扁体铅笔，坐在篷车后盖上，身边堆着报纸。他想选一些在达拉斯没念过的文章，念一些绝不会挑起争执的消息。他有从联合通讯社买来的电稿，比如萨斯奎哈纳河上发了洪水，伊利诺伊州放出铁路债券为伯林顿与伊利诺伊中央铁路融资，反对修筑铁路的人想必是没有的。他还有《伦敦时报》《纽约晚报》《费城问询报》《密尔沃基每日新闻》（上尉称它为“来自奶酪与挪威人的小报告”）和《哈尔伯尔周报》。他有《布莱克伍茨》和《家庭箴言》[1]，后者自然早已过期，但无论何时何地，依然值得一读。以上所有报刊杂志，都不曾提到汉密尔顿，或戴维斯，或得州黑人选举，或军事占领，或和平政策。

基德上尉希望自己离开杜兰德时不仅经济上有所改善且能全身而退，他必须这样。因为在乔安娜与这个她永远无法理解的充满了恶意的白人世界之间，除了他，她再没有别的依靠了。基德上尉抬起头，充满嫉恨地想到了院里的鸡——艳羡它们能如此呆滞、愚钝，几乎一无所知。

光是她不说英语这一点，就够不正常的。

男人在机器转轮里插进一杆扫帚柄，一边转动转轮，一边往柄上捆湿高粱穗。这个愚蠢的人成天坐在那里捆

1 一份由狄更斯主编的周刊，始于 1850 年 3 月，终于 1859 年 5 月。

扫帚，从他低人一等的脑子里，英语像流水一般不停地往外泻，连想都不必想，正因此，他或许自以为已经精通英语。

这又怎样呢？

可她看着却像个英国人。

这真叫人吃惊。

上尉在《费城问询报》上用粗笔尖圈出了好几篇文章。在这里念这份报纸必须谨慎。因为费城让人想起贵格会，贵格会[1]又令人想起和平政策，而和平政策正是得州上至北部、下至红河以南人民死亡的原因。他选了一篇引人入胜的关于在柠檬山溜冰的小品文，柠檬山位于费城边缘：人们在冰上升起篝火，淑女们围着篝火滑冰，撑裙随身体摇摆。生活安详而平静，冰层厚实，将她们稳稳地承托在凶险的深渊之上。

所以她到底是哪儿的人？

男人长了一张五官分散的宽脸，形状像盛汤的凸肚瓦罐。母鸡在他脚边啄食。来，佩妮洛普，来，阿米莉亚，他亲切地唤它们，摊开手给它们吃手里的高粱籽。基德上尉再次烦躁地抬起头。他肩负艰巨的任务，得照料一个半开化的孩子，得与想将她掳走去做可怕事情的

1 该教会坚决反对奴隶制，在美国南北战争前后的废奴运动中起过重要作用。

罪犯搏斗，还得忙着用自己唯一知道的手段赚钱，好打点二人行路的费用，此时居然还要为得州人之间激烈的政见冲突而伤神。

你为什么不能老老实实扎扫帚，别这么多嘴多舌？基德说。我也没问你妈娘家姓什么，对吧？

听我说，男人说。

还是别说了吧，上尉说。

他翻开《布莱克伍茨》，闭上眼想静一静心神。就在这时，从扫帚作坊一侧的篱笆墙外传来了喊声与尖叫声。他再次闭上眼。这次又怎么了，又怎么了？那是乔安娜特有的连珠炮般毫不间断的高频基奥瓦语，和一个女人用英语喊叫的声音，声音来自博斯基河的方向。他扔了木匠铅笔，抓起一条毯子，心里已经猜到发生了什么事。

乔安娜扎在芦荻丛里，几乎一丝不挂，身上只穿着一件破破烂烂的内衣，一条威瀑县某个女人送给她的大裤衩。一个手里提着木桶的女人正追着她跑，她们跳过石头，跑过浅滩，二人身上都淌着水。乔安娜在博斯基河与一条湍急的支流的交汇处找到一个深潭，跳了进去，从里面向女人尖声喊叫。乔安娜的湿发仿佛一条条绳子错乱地盖在脸上，隐约可见她雪白的下排牙齿在喊叫时露出来。她在召唤她的守护神，要其降下黑魔法来惩治这个女人。倘若她手中正好有把菜刀，此时必然已将这个杜兰德的好女人捅死。

这在我们这儿就不行！女人喊到。她站在齐膝深的水流中，裙裾里膨着空气。她年纪很轻，穿着得体，看起来气急败坏。我们这儿不允许裸泳！她扯下太阳帽，无可奈何地拍打着自己的大腿。周遭伫立着高大的常青橡树，树盖在风中婆娑，窸窣作响，仿佛叹息。远天传来唱诗班的歌声——礼拜三唱诗班排练。

女士，基德上尉说。他看见她手上戴了婚戒。算了吧，孩子只是在洗澡。

洗野澡！年轻的女人惊呼。还不穿衣服！

也不是完全没穿，基德上尉说。他穿着靴子，直接趟进博斯基河的浅滩，用毯子裹住孩子。消消气，他说。孩子不懂事。

河对岸就是赶车的旅店，停着许多货车，几个赶车的都出来了，靠在车厢上看热闹，树叶在他们嬉笑的脸上投下影子。

基德上尉说，她是个俘虏，被印第安人掳走过。

我们这儿不许裸泳，年轻女人两手拽着木桶上的绳索说。她就是霍屯督人、就是萝拉·蒙特兹[1]也不行，她刚才在河里花枝招展的，简直像个达拉斯来的下等人那

1　萝拉·蒙特兹（1821. 02. 17–1861. 01. 17），爱尔兰裔舞者，著名交际花，路德维希一世的情妇。

么不知羞。

基德上尉领着乔安娜上了岸。他说，我奉锡尔堡的塞缪尔·哈芒德印第安事务处的任命，要送这孩子回家。这是公事，归战争部管辖。

乔安娜站在博斯基河齐踝深的地方，倚着上尉啜泣。他又说，她六岁时就被从妈妈怀里残忍地掳走了，对方当着她的面给她妈妈的脑袋开了瓢，她忍饥挨饿、备受毒打，已经忘了自己的语言和所属社会的礼节，她受的苦真是说也说不尽。

年轻女人住了嘴，陷入深深的沉默。终于，她说，好吧，但澡该怎么洗总得有人教她，她总得被提醒这么一次才能长记性。

乔安娜用双手捂住眼，想起了基奥瓦母亲“三点”，想起了母亲的笑声，想起她们在威奇塔山中各自将对方按进清澈的卡切溪水里，想起她们欢声尖叫，背跃势跳入水里，而远处的山顶上，年轻男人们为这嬉闹的一幕打起鼓来。五六个头发里编满一颗颗红珠子的女孩涉过清澈的溪流，水花四溅。乔安娜为她们而哭，为大山而哭，她哭得仿佛一个成年人，垂着头，双手摊开。她所失去的一切突然都涌上心头，在这痛彻心扉的回忆里，她哭泣着。

唉，听了你这话，我也挺难过的，年轻女人说。她的语气变得轻柔了，过了一会儿，她弯腰对乔安娜说，亲爱的，我很抱歉。

别打扰她，上尉用一种生硬的语气说。他对年轻女人脱帽致敬，牵起乔安娜的手。如果你还算是个基督徒，请给她找双鞋子，找些衣服，好让她路上穿。

他们回到篷车，他灌满了河水的靴子发出噗叽声，乔安娜裹着粗毛毯，仿佛一支滴水的大棉签，裤衩团成一团捏在她手里。她赤着脚，伤心极了，愤懑极了，心灰极了。

杜兰德八点天就黑了，上尉给她穿上睡裙，在篷车里铺上床，并点起了提灯。她慢悠悠地哼着一支轻柔的歌，裹着自己已经形成依赖的*jorongo*，坐在被窝里，给一床破了的灰羊毛毯纫边，她把自己缀满血点子的衬衣放在盐水里浸泡着。上尉走进一间马厩，脱下靴子和马刺，换上念报时穿的衣服，套上黑色系带皮鞋，然后刮了须。

牌根（培根），他从马厩出来时，她抬起头说。*Haina*，牌根。

他把报刊夹夹在腋下。你真聪明，他说。我的确是去弄培根的，我准备用霍屯督人、萝拉·蒙特兹和伊利诺伊铁路的丰富信息让镇上的人大开眼界，他们会把金币银币全撒到我脚边，我们不仅会有培根，还会有鸡蛋，怎么样？明天一早我们就去镇上照顾照顾他们的生意。

他低下头，关切而略带温情地看着她。他的小战士，虽然爱哭，但也能很快释怀，充满精力与欢笑。孩子就是这样，希望她永远如此。他正了正领巾，别上袖扣。她点点头，一边缝纫，一边微微抬起灰扑扑的眉毛，就算是一个微笑了。提灯的灯光下，她的雀斑显得更深了。

他很愿意亲一亲她的小脸，但不知基奥瓦人是否会相互亲吻，即使会，也不清楚祖父们是否会亲吻自己的孙女。文化差异就像雷区，你永远不知道自己什么时候会触雷。

他轻轻地在空中虚拍了一下。

坐着，别乱跑。

法律基石

百货市场早早就挤满了人。门口站着一个美军士兵，每个人都得敞开大衣让他检查是否携带手枪，有些被查出带了，虽然这种行为不法，但士兵并没有说什么，只是指指一条板凳。等百货市场进满人时，板凳上已经摆了七八支转轮手枪和一支两连发皮特小型手枪了。

许多男人中夹杂着几个女人。他们有的坐在直背靠椅上，有的倚着货柜而立，店主J·D·阿伦不时提醒他们别压到玻璃。基德上尉并不抬头直视任何听众的脸，但眼角余光还是能看到一些。他展开报纸和联合通讯社电稿，余光看见人群自动分成了两拨，彼此怒目而视，眼里冒着火焰筒般的火光。他们被从远方送来的由机器制造的商品包围着，有些坐着，有些站着，有些在吸烟，都没戴帽子。他们的周遭摆满靴子、鞋子、背带裤、染发膏、纽扣和从英国来的硬质瓷盘。他们的头上悬挂着一盏盏由摇摆着的链条连接着的罩着绿灯罩的煤油灯，从远处滚来的雷声轰鸣着。天际线交接处，暴风雨即将来临。

他像往常那样以恭维开始，夸了镇上的建设，又评价了一番来时的路，大家都喜欢听远道而来者述说旅途的路况。上尉说，红河沿岸的路都还完好，至于小威奇塔河边现在如何，他就不知道了，因为渡河已经是一周以前的事，现在河水也许涨了。布拉索斯河上的渡口已经停运，可能已被冲坏，但两岸还未被淹。由布拉索斯河起，路况都算不错。他顿了顿，用青筋凸起的手抚了抚报纸，停下来给人们抱怨武器管制的时间，但听众似乎并不关心这件事。

一个没戴帽子的男人站起身喊，等戴维斯坐稳了位置，他那帮立法院的老朋友一个个都会在屋前修上一条好路！

上尉的头抬起来了。

安静！！

以他的年纪来说，他的嗓音十分有力，他的身高又在六英尺之上，加上一身乌黑的衣服、一对怒气冲冲的黑眼睛和一头银月般闪闪发光的白发，上尉看起来咄咄逼人。他环视观众，眼镜的金边反射着微光，狭长的市场中充满了紧张的气氛。他说，先生，今天在场的各位花了不少钱，可不是来听你发表高论的，这话我想他们在别处一定已经听过了。

下面哄堂大笑。

基德上尉清了清嗓子，推了推眼镜，拿出《费城问询报》，读了柠檬山的故事。又抽出《论坛报》，念了有关铁路的新闻，他语速平缓，仿佛做扫帚的机器，扫荡着面前所有的听众，然而又有人冒出来喊，先生你干吗不念念休斯顿的《联盟三周刊》？

另一个人站起来说，因为那是该死的戴维斯办的报纸，他们是一帮政治上顽冥不化的贼。

可他们是共和党！他们效忠联盟！

第三个人喊到，那又怎么样呢？他们已经被一帮职业搅屎棍给带坏了！

先生们！基德上尉喊到。

大家虽然住了嘴，但都愤懑不平。三个男人一边相互瞪着，一边慢慢坐了下去。

这场面控制不了多久。上尉迅速翻着报，念着远方的冰天雪地、智利的革命报告，试图引人走进那遥远而真实的幻境。他念到发生在旁遮普的暴动，关于人口普查，关于妇女隐私，关于那个被传说中古老部落激烈敌视着的现代化进程的世界。

他飞快地念着：土耳其当局在外交邮袋中收缴大

量郁金香花球，众所周知，它是土耳其长期保护的花种——近期，其价值已被帕夏安卡拉地区的安哥拉山羊所超越，高原之星不断被安哥拉人向外走私……

戴维斯迟早会根据《出版物管理条例》让《达拉斯信使报》停刊！一个金发小个子男人声嘶力竭地吼着。这样就能省下二十万纳税人的钱去资助我们的激进派报纸！

两个男人站起来，面对面大吵，一个说汉密尔顿叛党，一个说戴维斯腐败。人群试图分开他俩，但两人看来不给对方身上留点纪念绝不罢休，原本个个缩着脖子、为怕挨打拼命往后躲的看客，逐渐也被两人的激烈争吵搅得怒火中烧。女人们两手提着裙子迅速撤离，有几个还在入口处拿走了自己丈夫、或父亲、或兄弟的手枪。门口的美国兵听着关于军事条例、奥斯汀腐败现象和印刷品管理条例的争吵，一直袖手旁观。

终于，口角升级为拳击和椅斗，暴风雨也在第一个玻璃橱窗被打碎时欢快地来临了。钱罐被打翻，钱币被践踏。屋顶上挂着的煤油灯疯狂地摆动，砸在地上的座椅上，震动了四壁。有人拿着上好的韦奇伍德婚庆磁盘去砸别人的脑袋。有个矮子抽出皮带，用带扣抽打自己的周遭。最后，两个始作俑者——一个旅馆老板，一个学校教员（后者发型奇糟，头发全支棱着，肤色惨白，满脸粉刺，却是一个不肯屈服的斗士）——相互扭打到了街上。

人群蜂拥而出。

基德上尉在讲坛上又站了一会儿。他用拳头支着下巴，审视面前的残局。然后叠好报纸，放回报刊夹，这才长长吁了口气。红河沿岸比这里好太多了，只需对付科曼奇人和基奥瓦人，至多不过还有几个美国兵。

何况北得州还有加奈特太太。

他穿过东倒西歪的椅子，看见一地仿佛眼睛般闪闪烁烁的银币。虽然有些丢脸，但他还是得趴在地上去把它们捡起来。要不是为了乔安娜，他绝不会这么做的，他会说一句这钱就留给你们这些满嘴跑火车的蠢货吧，然后扬长而去。

门口的美国兵已经走了。硕大的雨滴打在土路上，高高地溅起来。人群依旧哄闹不休，其间有人扯开嗓子喊着，听我说，听我说……想从中调停。上尉跪在地上，开始捡硬币。

我说，先生，这钱不值得您这样。说话的是早先在野外拦下他的那个蓄短黑胡子的男人。

你说得对，基德上尉说。但我还是得捡。

男人拉过一把没被砸坏的椅子，挥手请他去坐。上尉感激地坐下了，他的髋关节疼得快要烧起来，男人开始替他捡硬币。

我叫约翰·卡利，男人说。他摊开自己长满老茧的大手，将硬币倒进罐子里。他又说，今天上午我们不应该拿您的钱，我现在后悔了。

上尉点点头，用手指尖抵住自己的双眼。他说，你交了些坏朋友。

他们都是我的亲戚。

这不意味着他们就是好人。

嗯，您说得对。

基德上尉回忆这群亲戚，从面貌揣摩了一番他们的年龄，然后说，他们都打过仗。

我也打过。

啊，基德说。你那时候还小吧。

不，我那会儿已经十七岁了。

那就是还小。

上尉忘了，他自己打蹄铁湾战役时也才十六岁，拿着一杆改装成来福枪的肯塔基燧发枪打红棍军，他看着硬币一枚一枚地落进罐子里。

他说，你应该离开那些意气用事的亲戚，去揭发他们的不法行为。

这年头违不违法说不清了，约翰·卡利说。约翰·卡利走向面前摆满背带裤和一板板领扣的架子，他穿着燕尾服，身上的暗色长裤熨得笔挺，衬衣洁白如雪，领口高高地竖着，用领巾打着一个领结。他身上的一切都有磨损的迹象，但都干净熨帖。他剃过的胡子清爽整齐，上尉见他还穿了一双上好的马靴，靴跟带有马刺。卡利搜寻着货架，说，天哪，连这儿都有一枚呢。说着，用自己粗壮的手指，小心翼翼地把硬币夹起来。又说，自然我是应该揭发他们，但时局每周都在变。他把手心里的钱倒进罐里。法律条文时常变动，包括土地所有权在内的一切规定都很模糊不清。

上尉意识到，卡利之所以穿上自己最好的行头，是专门为了来让他看的，为了让他知道自己不是个无知下流的暴徒，而是个有教养的人，是个正经人。他希望能获得上尉的尊重。

上尉用手帕慢慢地擦着眼镜。难道你想从事法律工作？他说。

噢！天哪，当然不是！约翰·卡利端着油漆罐站在那里，我想找份清白的差事做。

这就对了，这就比我第一次遇见你时有了进步。

谢谢你这么说。卡利的双颊浅浅飞起一层红晕。从事法律工作的前提是有法律的基石，但法律的基石在哪里？

上尉说，权威是这样说的，国王犯法应与农民同罪，法律应成文，置于广场，让所有的人都看得见，应写得简明扼要，通俗易懂，不可繁复。

年轻人向上尉方向歪过头，脸上显出疑惑的神色，仿佛有着一种渴求，又像燃起了希望。

谁这样说？

汉谟拉比。

上尉知道，他们最好连夜离开，就像上次那样。眼下的情形与在达拉斯时相同，虽然挣到了钱，但杜兰德没有一家商户开着门，要是跑去敲商场老板J.D.阿伦的门，问他买点38口径的子弹，大家就都会知道这件事，也就会立即怀疑他要去射杀反对党的人，虽然还不知道他支持什么党派。他还剩下八发转轮手枪子弹、一些鸟弹、几磅弹药和一些毛币，就先凑合着吧。

他提着昏暗的提灯，在博斯基河边找到了帕沙和梵希。雨虽然小了，但依然从他的帽檐上滴滴答答地滴下来，丝绸帽筒浸满了雨水，沉甸甸地压在他的脑袋上。他趟过湿草，轻声唤着两匹马。小梵希抬起头，晃悠着脖铃，铃声清幽，透着欢快。两匹马都休息得很好，且饱饱地吃了一肚子春草。他将它们引回扫帚作坊，借着提灯灯光，他换上了赶路的衣服，他估摸着自己还剩多少支灯烛。四周万籁俱寂，烛光透过锡灯罩上繁复精致的镂空花纹洒出来，让人感到安适恬静。他匆匆地吃了几口黑豆培根，然后轻柔地唤到，乔安娜，乔安娜。

唱喂！

她从床铺里一跃而起，一把掀开身上的毯子。她身上穿着睡裙，头发上挂着稻草，双手缠着线头。你们看这里，她说。

上尉看着她，笑了。虽然乔安娜还未将第二人称代词的单、复数区分开，但她每天都在进步。

嘘——他说，看什么？

我裙子，我衬裙，我裤衩，我长袜！唱喂，看！她举起一块香皂。

嘘——嗯，棒极了，谁给你的？

她将所有的二手衣物全部整整齐齐地叠放在后车盖上，愉快地瞧着。水里的坏女人给的，她说。

好，好，现在去把衣服穿上，我们要出发了。

这么说，那个博斯基河上的年轻女子因愧疚而萌发了基督徒的良心，为这孩子搜罗了几件衣服，一条嫣红色格纹的黄连衣裙，一件墨绿色夹克衫，几条衬裤，几双长筒袜和一块香皂。他用手指检查衣角裙边，又拽了拽每一粒纽扣，无一不整齐牢靠。这年头弄到衣服并不容易，而这些衣服件件都是好东西。很好。总体而言，愧疚是一种很有用的情绪。孩子现在有了三条裙子，内衣更是足够换洗了，不用再灰头土脸地去见她的亲戚。想到这里，他心里如锥扎一般，轻轻地疼了一下。

雷雨已过。夜空清朗。他将马绊子放进工装大衣的口袋里，把梵希在车辕上套好，又将缰绳扔到它背上。月光下，烫金字母隐隐反射着幽光。

乔安娜钻进窝棚，良久，拖出一包用粗麻布包着的东西。上尉急着赶路，没有去管那麻包，只吹灭提灯便登上了驾驶座，指挥花鬃母马给那辆第五个轮子吱呀作响的轻型弹簧马车掉了头。他们悄悄上路了，离开了充满争吵、殴斗与火药味儿的杜兰德，驶进得州早春的黑夜。头顶上，夜鹰骚动着，用喉音低声地唱着歌。它们划过低空，像猫头鹰一样，背负着星光。小路上月色皎洁，他们以七英里的时速稳定前行，帕沙在车后健步跟着。深夜十一点，所有正经人都睡了。上尉不知道前方会出现哪一个镇、哪一个县，又有怎样的麻烦在等待着他。

乔安娜翻过靠背，拿起麻布包，又回到了驾驶座上。她在上尉身边坐下，打开麻包。

朝饭（早饭）！她喊道。

噢，不，乔安娜，不。

两只鸡毛带血的无头鸡，直挺挺地摆在她腿上，正是佩妮洛普和阿米莉亚，死得透透的，比约翰·威尔克斯·布斯[1]更透。她望着它们微笑，她已将它们的头拧了下来，且开膛破腹，此时，从其中一只的腔里，她掏出一枚在肠中找到并保存下来的颤巍巍的尚未出生的鸡蛋。

这真好！她说。她用黏糊糊的小手拍了拍他的手臂，朝饭。

他虽然在继续赶车，但不得不闭上了眼。

现在回去给扫帚作坊那个坏脾气的男人付钱已经来不及了。没有时间再折回去给钱、赔不是来弥补这动辄发怒的人的损失了。眼下，在杜兰德人的眼里，上尉大约不仅是戴维斯的支持者，而且还是个偷鸡的贼。很难说哪一个更丢脸。上尉下意识地扶住前额。多可怕啊，他在这世界上的好形象、在他自己内心中的坚守，就这样丧失了。失去名誉与人心在任何一个社会——无论是冰岛还是马来西亚——都会给人造成严重的打击，比贫穷更难忍，比敌人的刀更疼。

上尉用尽量平缓的语气，强作欢颜说，可不是嘛！聪明的孩子！现在咱们有早饭吃了。

上尉感到夜晚的凉气深入骨髓，风吹在脸上有些冷。他意识到那是泪，是为了她要面对的苦难而流下的泪，

---

1 约翰·威尔克斯·布斯（John Wilkes Booth，1838. 05. 10–1865. 04. 26），美国戏剧演员，同情南方联盟，对南北战争结局不满，于 1865 年 4 月 14 日刺杀了林肯总统。

是为了所有她将要在屋顶下、四壁间与禁止偷鸡的古怪规则生活在一起的日子而流下的泪。他再一次精疲力竭。她一边唱着歌，一边又把鸡包了起来。除了马，她不知道别的动物也可以被人类纳为私有财产。只有马是有主人的，其他一切活物都享有自由，也都可以吃。枪杀一头小牛和枪杀一个小孩对她来说没有任何区别。他想象她拖着一匹打来的无头小马，昂首阔步走进里昂伯格家的院子，准备把它送给初次见面的亲戚的画面。

她抬起头，正好看见他在用肩膀擦眼泪。

噢，唱喂，她的声音低落下来。她抬起手，用粗糙的、长着老茧的指尖替他擦眼泪，手指上还带着血、粘着鸡毛。一根鸡毛滑落下来，在月光下仿佛一个小小的天使，落在他的大衣上。

让我静一静，乔安娜。

俄了（饿了），她坚定地说。*Kontah*俄了。

爷爷饿了。这就是他哭的原因，他饿了，而她很快就会为他做一顿好饭，有烤鸡，还有放在鸡胸腔里做熟的鸡蛋。

他说，老人爱哭，亲爱的，这是上了年纪的坏处之一。

你们俄（饿）了。她扑扑有声地拍了拍披着羽毛的死鸡。吵啥哪做得堆吗（做得对吗）？

做得对，他说。做得很对。

霍瑞尔兄弟

他们沿着兰帕瑟斯路一直走下去，离身后的杜兰德越来越远。晴朗的天空升起血红的太阳。乡野高阔平坦，只有少数几处出现地势的起伏。他们没有任何可以隐蔽的地方。在这平坦的世界上，他们是唯一运动着的物体。眼看快到克兰菲厄斯盖普市了，他们在里昂河边停下，到一个貌似常有车队借宿的营地上投宿。他希望遇上某支车队正好进来，好向他们打听布里特的消息，但没有车队来。营地上只有又细又深的车辙，有人在沙土地上倒过一桶洗碗水，形成了一个浅浅的水坑，还有一堆熄灭的篝火。他们放马出去吃草，虽然上一个车队的马已经差不多把草吃完了。

他在营地上吃了烤鸡，陷入了深沉的睡眠。他梦见黑暗中藏着一个持械的人，周身散发恶臭，这人从里昂河中爬出来，不能说完全是人，倒有点像两栖类动物。上尉坐起来，抓过包着转轮手枪的大衣，静静地等待梦靥退去。过去，一旦发生过战斗，他就会做这个梦。在布拉索斯与杜兰德都发生过战斗，但梦境直到此时才追上了他。他与这个梦已经是老朋友了，为此，玛丽亚·路易莎学会了在半夜下床，站在离床几英尺的位置，一遍遍呼唤，杰夫，杰夫，亲爱的[1]，杰夫。这样他才能从几可乱真的梦境中醒来，梦中的他有时在利萨卡，有时在塔拉普萨，有时在一个被炸成残垣断壁、貌似是蒙特雷的无名城市中，而无论在哪里，他都在殊死搏斗。

也许正是类似梦魇的经历使那些被掳过的孩子发生了永久性改变，这些经历是他们被掳时所承受的暴力与他们父母的死亡。这一切在他们幼小的心灵中留下了去不掉的印迹，虽然这些印记看不见，也捉摸不透，但它们具备极大的力量。

如今再也没有人用温柔的声音轻轻将他唤醒了，他把卷起来的大衣放回去，闭上双眼，让自己镇静下来，然后又躺下睡了。

第二天，他一直待在营地上，几乎在天棚下睡了整整一天，这才驾车进了克兰菲厄斯盖普市。市内只有一

1 原文为西班牙语

家商店，他们补充了物资，还买了一只二十五加仑的水桶，装满水后，又上路了。

第三天，因为道路平坦，一路上都有细沙铺地，且梵希休息得很不错，他们足足赶了二十英里路。上尉感觉好多了，又恢复了他们的英语教学。她已经能够数到一百，有时能听他的话把鞋穿起来，也能够自己系鞋带，且学会了《艰难时刻》的第一段。她已经认识了他怀表上的秒针与分针，她肚子里吃饱了烤鸡，浑身是劲儿。时间！*Kontah*！这是时间，这是时间。她站在驾驶座上，跳起基奥瓦孩子传统的兔子舞，他叫她别再跳了，她就跳下车去跟着跑，在地上捡到一片封药膏罐的锡箔，发现上面有只蜜蜂，就一边扬在空中作飞翔状，一边从嘴里发出嗡嗡嗡的声音。

一路上，他们只碰上了两辆马车和一个骑兵排。骑兵队自锡尔堡来，要去圣安东尼奥，排长提醒上尉小心前路。山里有反动军，他说。

那你为什么不打？上尉说。

我身上有公事，先生。不能擅自行动。排长踢了踢马腹，继续行军了。乔安娜坐在篷车里，静悄悄地目送他们向北而去。

两人在兰考福镇附近夜宿后，他感觉自己彻底恢复了精力。

兰帕瑟斯有一泉清水，他曾路过几次，记得是个适合安营扎寨、小憩片刻的好地方。眼下，他们正身处地势平缓的高原，树木稀疏，荆棘丛生，荆条发着新芽。

四年前他去北得州时也走过这条路，那时距离玛丽亚·路易莎去世刚刚过了一年。他也从圣安东尼奥雅致的西班牙小镇上搬了出来，离开了石板铺顶、围着花纹繁复的铸铁阳台的二层小楼。所有古老的西班牙建筑都背朝河流，从1733年第一代西班牙殖民者到此地开始，所有房屋的主人都保留着一份详尽的世袭记录，从那时起，贝妲科尔特、李尔这些望族就逐渐隐没到了各自的抛光窗框后，隐到了石砖地的清凉与折扇轻纱的曼妙中，隐到了圣费尔南多教堂的早弥撒里，这些望族被祷凳上越来越多的德国人与爱尔兰人拥挤着，被他们谁也听不懂的语言拥挤着。西班牙——光明的女儿，护卫真理的斗士，摩尔人的沉锤，就此消殒了它的光华。

他忆起游河，忆起女儿们与她们妈妈一样烟灰色的眼睛和深色浓密的卷发，忆起过往行船为他们递来的甜瓜。夹岸杉树参天，有一棵足有一百英尺高，从圣安东尼奥河齐膝深的地方拔地而起。回忆是美好的。

基德上尉遇见玛丽亚时，他正忙着在阿尔玛斯广场上开一家属于自己的印刷店，在印刷店里挥洒着油墨与活字，他一心只想让文字出现在纸上。他能直接倒着读出活字，光听印刷机板的声响，就能预测印刷结果是否优良，他对自己的油墨与纸张了若指掌。只要将世界的消息完美地印出来，即使不亲自去送，他也很高兴。

然后，玛丽亚不在了。没有她后，小镇的美还有什么意义？他举头望天，努力思索着。西班牙人就这样离开，一句话也没有说。不知为何这让他气愤，不说一句话，甚至不提一个醒，“那边的世界”再也没有消息传来，也许离开曾有过先兆，只是他没有发现？他观察着两只红喙白背的卡拉卡拉鹰张开黑色的翅膀在天空滑翔，听见乔安娜唱起了《艰难时刻》：是皮卷的人的叹息与歌……

疲倦，他微笑着纠正她的发音。

是，唱喂，皮卷，皮卷的人的叹息。

再走几英里就能到兰帕瑟斯，周遭的石炭酸灌木的枝丫硬得像骨头，圆圆的小叶子在风中震颤。北天的卷云仿佛沙尘暴将至，从遥远极地来的水雾在高空中翻涌，仿佛一层层面纱，也许还将有雷雨。

很快他们就会进入山区，那里峡谷阡陌，峭壁纵横，清澈的溪水在石灰岩上划出各自的水路。有更多隐蔽的地方可供基奥瓦与科曼奇人躲藏，但眼下只好等他们出现再随机应变。他们继续奋勇向前，观光马车的车轮一路带起黄色与粉色的尘埃。很长一段时间里，除了他们自己的车外，他看不到任何一辆车。

但很快，两人遇上了一个赶双轮马车的老太太。他远远就看到一团黑乎乎的东西，叮叮当当地朝自己过来，近了，才看清是一匹瘦马颤巍巍地拉着一辆车，一架折叠车篷撑起在两只轮子的上方。

啊，可算见到人了，对方说着在他们车边停下。这是个瘦小的女人，戴着一顶新式浅筒帽，帽子歪在一边，显得俏皮。她雪白的头发在脑后绕成一个卷，手上戴着一副赶车用的棕色紧指手套。

是呀，夫人，您去什么地方？

我去杜兰德，大概三天能到。很多人拦着我不让去，但都没拦住，我去打场官司。

原来是这样，上尉说。您来自……？

兰帕瑟斯。

那就麻烦您替我办件事，他弯腰摸出一帆布袋子的硬币。请您把这两个五十美分银币捎到杜兰德镇上的扫帚作坊去，交给做扫帚的人。

哦，那小子啊，她说。不管你为了什么给他钱，他都当不起，一听是他，我都有点不想替你捎钱了。

您别这样，我们拿了他两只鸡，却不记得给钱。我会被当成偷鸡贼的，这件事我很过意不去。

先生，得州全境没有哪只鸡值五十美分银币这么多。

某种意义上，这钱也是为了道歉。

你真善良。

偷鸡贼的名声可不好听。

这倒也是，那么，把银币交给我吧。

他下车给她银币。真是太感谢了，他说着，推了推布满汗渍的旅行便帽。

那么您去什么地方？

卡斯特罗维尔，上尉说。我买卖种子。

好极了。这孩子的眼神挺奇怪，她是不是精神受过刺激？

上尉回到车上，从钩杆上拿下缰绳。没有受过，他说，祝您一路平安。

正午时分，他给帕沙上了马鞍，这地方的人不怎么友好，他准备在拉车的马身边骑行。上鞍时，他终于与自己的衰老和解，从毯子堆里找了一块羊毛垫铺在马鞍上，这要比硬皮坐起来舒服多了。乔安娜静静地看着，陌生老太太离开后，她的眼神温和下来。他给梵希扣上牵马绳，单手牵着它骑行上路。他们的水罐还满，路上够用，毕竟很快就要到兰帕瑟斯了。帕沙步履轻柔，骑起来很舒服，上尉忍不住去摆弄它的鬃毛，将所有鬃毛都顺到它脖子的一边。

兰帕瑟斯是个不安定的地方，他几年前经过时就发现了。这里的两大家族，各生了一大堆儿子，纷争不断。人可能就是这样，一块儿长起来的男孩，到青少年时期就要开始打架，一开始只是闹着玩，直到有人负了伤，冤冤相报的戏码就开始上演了。

周遭的枯褐色草皮仿佛洒满了云母与石英，闪烁地反射着稀薄的阳光，随着日照的增长，第一抹新绿从草皮下冒了出来。他在路上看到越来越多的行人，都在往兰帕瑟斯方向去。据他猜测，这些人很可能是趁着周六进城去购物、庆贺或找乐子的，他们还要在城中过上一夜，睡个醒酒觉，周日早晨或去教堂礼拜。

此时已值三月第二周，万物复苏，人们也慢慢想起了世界不会永远寒冷而枯槁。这片高海拔的乡野仿佛意外间迎来了突然的爱，与春雨和日照唱和着，苏醒，苏醒，你这朦胧的睡人。春风清润，他们在兰帕瑟斯河与布鲁克河的交汇处渡河。这里就像所有时不时遭到反动军洗劫的城镇一样，河里、沟里、水流交汇处，到处是草叶，头顶冷风瑟瑟。到了兰帕瑟斯小小的盆地中，又见芦荻丛生，一齐摇曳着它们毛茸茸的穗头。

再往前，二人重登高处，遇上四个骑马的人，他们帽上戴着长长的系帽带，都拖到背上，带尾饰有带穗。所有人都携有武器，他们一字排开，驻马拦住去路。这就是人们口中的“牛仔”，由于近来成千上万的水牛被射杀，他们的专长也便成为了一种新兴行业。

上尉勒住帕沙和梵希。乔安娜不喜生人，所以他特意下马走到她身边站着。她坚持了几秒，还是站起来跳到了车后，钻到水罐、食盒和炊具中间去了。她的裙子翩翩飞舞。她像一只水獭钻进自己的洞中一般，吱溜一声钻进了*jorongo*里。

嚯，药泉，其中一个男人说。

还有弹孔，另一个说。

他们的帽檐都极宽，遮挡着酷烈的日头，帽檐投下的阴影甚至挡住了领口裸露的V字形皮肤。他们的套索都挂在马鞍右侧，这说明他们都惯用右手。他们都配着鞍头平坦且带有后勒带的赫伯阿母式马鞍，马鞍左边挂了许多捆蹄绳。

你俩打哪儿来?

杜兰德，上尉说。我们要去圣安东尼奥以西十五英里的卡斯特罗维尔，需要我拿地图指给你看吗?

不用，另一人说。我知道那地方，舒尔特·韦斯总上那儿买种子。他顿了顿又说，可我不知道怎么写他的名字，他是打德国来的。

那应该写成S-c-h-u-t-e-r，上尉说。请问你们拦住我的去路有什么事吗？

来人你看看我，我看看你，坐下的马也不安地踢踏着蹄子。他们骑的都是矮脚马，马鬃又密又长，马尾直拖到地上。这些都是野马，有像惠比特犬那样向下倾斜的后背和臀。

从这儿去卡斯特罗维尔的路上到处是反动军，一人说。科曼奇人和基奥瓦人想独占山头，因为他们在那儿能找到掩护，别人看不清他们藏在哪儿，不像这里，一览无余。再往前就没有我们的人了，都被赶走了，你们最好小心些。

我会的。

你们是不是要去兰帕瑟斯呀？

走这条路必然去兰帕瑟斯，显然这是唯一通往那里的路，我不考虑离开它到荒野中去赶车，或者你们知道有其他路可以告诉我？

来人中个子最高的一人说，先生，我想起来了，您是那位在梅兰迪恩读报的先生。我可爱听您读的事儿了，听我跟您说，千万别去怀利和托兰德开的酒馆读报，那地方叫“宝石”。我为什么这么说呢，因为霍瑞尔兄弟常去那里吃喝，要不就在外头打墨西哥人。

是吗？你觉得我去了他们会不高兴？

来人又你看看我，我看看你。

还是告诉他吧，一个人说。

好吧，最高的那个说。他们都特迷东边来的报纸，就是上头印着牛仔的那种，他们觉得这种报上肯定登有他们的事迹。你要是去那家酒馆念报，他们就会缠着你念有关他们的报道。

你是开玩笑的吧？

不是，不是。这帮人脑子比较慢，一个个就像石头一样笨。我们听说您正在来的路上，我就说，操——请这位小小姐原谅——他碰了碰他的帽子——这一定是那个念报的上尉要来我们这儿念报了。我和兄弟们，我们都在梅兰迪恩听过您念报，听了别处发生的事儿我们都开了眼界了，我们很爱听您念。

其他人应声都点头。乔安娜见那高个子一边看着她一边碰了碰自己的帽檐，正琢磨这是什么意思。也许是警告她？也许要把帽子朝她扔过来？也许是对她下了一个诅咒？

你真好心，上尉说。

我还说，霍瑞尔兄弟保准以为东边的报上会登自己的事情，等发现自己没见报，一定要跟上尉找麻烦了。再说，马上要有个农场工会开大会，还有个舞会要举行，大家最近精神状态都特兴奋，搞得本杰明的口吃病都又犯了。

你想得真多，另一个说。刚说完，他坐下的小马就突然往左掉头，想把他从背上甩下来。他扭动松弛柔软的腰肢，转身将小马往右拉回原处，重新正对上尉。别乱动，你这狗娘养的。这位也碰了碰帽檐说，请这位小小姐原谅。

乔安娜面无表情地坐在*jorongo*里，那是她最爱的羊毛山洞，保护她的神奇壁垒。

感谢你的关心，上尉说。

很乐意效劳，高个子说。我们正在碧恩溪上赶牛，正好碰上贝克尔太太往北去杜兰德，她说她看见您了，您在为偷鸡的事心烦，我们这才往回骑过来找您。

啊，这只是我自己的一件小事，上尉说。他站在帕沙身边，拍了拍它的下巴，又将自己的帽子往下压了压，盖住额头。

嗯，先生。所以我兄弟就说了，那不是基德上尉嘛，我们还是先别干活儿了，先去给他提个醒儿吧。就让那些牛多在外头待一天也没事儿，反正它们已经够野了，多待一天也不会再野到哪儿去。

另一个应到，绝对不会了。

第三个说，您记着，今晚我们就在附近。

基德缓缓地点了点头。但你们没带铺盖卷，他说。

是的先生，我们呀，我们就睡地上。

唔。上尉默默地思考着霍瑞尔兄弟，思考着这些有着严重幻觉、强烈渴望名利的人。

那么英国的报纸呢？上尉说，他们也希望伦敦《泰晤士报》上刊登他们的事吗？

先生，高个子说。霍瑞尔兄弟连英国在哪里都还不知道呢。

唔。谢谢你把这么好的消息告诉我。上尉踏上马蹬子，自己已经七十一岁了，还能从地上直接跨上一匹十六掌长的马，他心里挺自豪。虽然骨头有些疼，但他不动声色地甩腿坐上马鞍。显然，念报是绝不可能了。他说，我准备把车、马还有这柔弱的小姑娘一起驻扎在泉水边，在能离开兰帕瑟斯前我们就这样老老实实地待着。

不，其实他已经七十二岁了。这事就发生在昨天，3月15日。正像他在蹄铁湾战役前度过了十六岁生日一样，那时的他怎么也不会想到，自己竟能活到七十二岁，竟会在一条遥远的西去的路上骑行，四肢健全，心中还怀着难以解释的快乐。

宝石酒馆

他竭尽全力躲着霍瑞尔兄弟，但霍瑞尔兄弟还是来找他了。

彼时，上尉已宿在兰帕瑟斯某泉水的岸边，正在参天的橡树丛里砍柴。兰帕瑟斯大半地区地势高，气候干燥，只有少数地方在低处，有清幽的绿野，这眼泉水就位于低处，有池塘大小，平静地反射着日光，水面的涟漪在橡树上投下许多摇曳的光斑。泉水一侧，大片碧绿的芦荻优雅地飘摇着，高高地昂着穗头。春季向北迁徙的鸣鸟，才从墨西哥飞来，此时停在笼罩头顶的巨枝上唱歌，使整个林子都活了，知更鸟短促的鸣声里夹杂一只黄鹂的浅吟低唱，黄鹂披着小丑服般斑斓得不可思议的羽毛。

霍瑞尔兄弟骑在各自的马上看上尉和乔安娜卸车，

他们都骑着良种夸特马，每一匹都是宝马“冶金尘”的后代，上尉从马匹的筋骨线条上就能看得出。他们跨在马上有一搭没一搭地看在泉边高草堆里吃草的帕沙。他们的头顶上伸展着参天的树盖，暮色中，微风拂水。上尉并不理睬他们。

你就是那个读报的人。

我就是。

我们咋没在新闻里出现呢?

我不知道，上尉说。新闻不是我写的。

我是麦瑞特·霍瑞尔。这位是我兄弟汤姆。还有这几个，也都是我兄弟，马特、本杰明、山姆。

兄弟五人身上的衣服由两支敌对军队的军装拼凑而成，各自都缺着纽扣，颜色也都褪成了岩蓝色。其中一人的马蹬不配套，一侧金属，一侧木头。所有人头上的帽子不是大了就是小了。年纪（或至少是身材）最小的那个弟弟，看上去至多十四岁，戴一顶大得与他脑袋不相称的德比帽。上尉发觉他在帽缘里塞了破布、废纸一类的东西，以便帽子能在头上稳住。感觉整个帽子就在他的小脑袋上挂着。如果兰帕瑟斯有精神病院，那么将这兄弟五人抚养长大的女人，无论她是谁，应该已经进去了，倘若没有这样的精神病院，那他们最好尽快建一家。

不胜荣幸之至，先生们，他说。也许新闻里真有你们，要说东边的报纸，比如《芝加哥报》，比如佐治亚球地县的单版小报，要说这些报上登了你们，我可是一点也不奇怪，想想看，上尉说着抖出他的报纸。也许甚至伦敦和加利福尼亚的报上也都有你们呐。

嗯，应该有我们，麦瑞特说。他的目光非常神奇，在呆滞的同时竟有几分坚决。我们杀了那么多墨西哥人，见报是应该的。

麦瑞特摘下帽子，用掌侧敲了敲帽筒的正中，把本应有的褶敲深一些，他脑袋上的黄毛看起来仿佛被平底锅压过了一般。

基德点头道，你们杀那么多墨西哥人，有没有人出来阻拦呀？

没有。麦瑞特重新戴好帽子，双手交叠到鞍头上。领袖戴维斯把联盟国的官儿都赶走后没再调人来接替，不过有时候军队会来这儿转转，我想他们应该会阻拦。

也许。上尉拿起一卷绳子，转身拴在两棵树上，开始往上挂要晾的毯子。

你说他们会缉拿我们吗？

我可不知道。

他抬起头，看见乔安娜正躲在泉水那边的芦荻丛里往这边看。她竟能如此悄无声息地离开，这让他感到惊讶不已。她披发赤足，隐在暗处，仿佛一个幽灵，芦絮随清冷的微风在她的头顶和四周起起伏伏地摇曳。

这样吧，麦瑞特说。你来镇上的酒馆念报，酒馆叫“宝石”，还有一家叫“大西部”，但你别管它，还是来“宝石”。跟大家说说我们是怎么驱逐可恶的红人的，说说希金斯兄弟是怎么被杀掉了的，区区一个戴维斯可治不了我们。

我要是来晚了，希望你别介意。

绝不会，先生。你啥时候都能来，大家要是不想听你说我们的事，可以走，我绝不会拦着。

上尉没有去。他坐在那里，等待着，当他的猎用怀表指向九点时，从镇上的喧闹声判断，霍瑞尔兄弟已经喝醉了。他们的声音一直传到了泉水边，乐声和喊喝声，遥远而又模糊。他凝视着夜的世界，听着它的声音。他闻到了烟草的气味，看到帕沙停下咀嚼的嘴，仰头看向泉水的对岸，基德猜那儿有一群马，但帕沙没有出声呼唤它们。他似乎还看到了烟头的火光，那一定是路上答应保护他与乔安娜的那群人，他们轮班守了一夜，而他也一夜未眠。他背靠车轮坐在地上，手里握着转轮枪，直到破晓前对岸的人离开。

自己人

他们终于向南进入山区。山中一切都是静止的。

他骑着帕沙，在拉车的马背与车套之间铺了一层鞍垫，腰里别着割肉刀和转轮手枪。如果遇上反动军，他准备一刀斩断车套，把乔安娜捞到鞍垫上，弃车而逃。对方为了抢车，也许不会一下子追上来。

科曼奇人大多来自北边红河沿岸，他们穿越干旱的兰帕瑟斯原野而来，马蹄扬起尘土，从很远的地方就能看到，于是兰帕瑟斯的人在城镇四周建设了防御工事。当科曼奇人抵达兰帕瑟斯以南的山区时，那里不仅可以藏身，还有水和独门独院的农场，他们充满热情地成为了反动的暴徒，这里有他们热爱的战斗，在这里抢劫也没有政府军干涉。

世界在“药泉”马车的车轮下流逝，山谷连绵的世界向着茵蓝的地平线流走了。

为了不让反动暴徒轻易发现他们，一上到山麓，他们就避着天光，贴着路的一侧走。有时，他会连续坐十五甚至二十分钟，静听活物的响动，侦查反动军的形迹。他寻找松鼠被骑行的人惊扰时发出的抗议，观察头顶飞旋的秃鹰，当它们发现无论是人类还是动物的尸体时，飞旋半径会变小，而由于它们的好奇心重，如果发现不熟悉的新鲜事物，也会突然像石头般坠下来看上两眼。

乔安娜同样在留神观察。她既不玩手里的翻花绳，也不练习英文造句。她整整齐齐地穿着鞋，将鸟枪横放在脚前。他也不抽烟斗，因为烟叶的气味传得很远，也因为他需要辨识空气中其他人抽烟的气味。尚没有发现这样的气味。风弱了。从高地上，他俯瞰低处常青橡树、大果橡树与偶尔混杂其间的山核桃树的树顶，前前后后都仔细看过一遍，搜寻风静时仍然出现的响动。没有任何响动。于是他们继续前行。

他一直紧抓着拉车的马缰绳，他们破晓时就上了路，依着星星的指引由东向西去，路过被遗弃的农场，路过围着石子墙的小木屋，有些木屋已被烧毁。

他们走过拉诺以北的红岩山丘，高处是红色与粉色的岩石，谷中矢车菊成亩，其间点缀高耸在品红色花茎上的墨西哥帽草与鹿舌草。山区的花季到了，马匹有更多青草可吃，白尾鹿也逐渐多了起来。入夜后，一只拖着十六环长尾、耳朵像蝙蝠、眼睛大得像鹿眼的狸猫，小心翼翼地从马食袋子里悄悄拿走了一个玉米棒子，送进嘴中，人和马都静悄悄地看着这一切。乔安娜用基奥瓦语快乐地对它说着什么，而它充满好奇地坐在火光边缘，丝毫没有畏惧。

他们经过一间废弃的木屋，他停下车走进去。屋中有几只破杯子，墙钉上丝丝缕缕地挂着破布片，地上扔着没有了头的娃娃。他在墙上找到一枚点50口径的子弹，小心翼翼地挖出来，放在窗台上，仿佛要纪念什么。这木屋曾经容纳过回忆与温情，与他魂牵梦萦的小时候在佐治亚的家十分相似。曾住在这样木屋中的人，都有着共同的记忆：喝完水后水瓢落回桶中、沉入桶底时发出的声响；傍晚暮色中的宁静，窗上牵牛花投下的叫人看了打瞌睡的疏影；牛犊初生的气味；后门射入的阳光照在老旧木地板上勾勒出的每一道木轮；祖祖辈辈走过的那条通往谷仓的熟悉的小路，祖父们、父亲们、叔父们都曾在这条小路上“马儿！马儿”地召唤过他们的马匹，都曾拎着手中的木桶，信步在林间走过，从这里走到那里，童年走入成年，纯真走向死亡，在这条被走过无数次的老路上，在一日辛劳工作后清凉的黄昏中，当自己的马儿呼唤自己，他们的心都曾轻轻地悸动，人和马都认得彼此的声音。他们的心在这样的甜蜜中化成水，慢慢地流着，失去了坚硬的边界。马儿，马儿。这一切，都被大火付之一炬了。

有天傍晚他们下到山脚，路过一条溪涧，溪水在蜿蜒的山壁间流淌。石灰岩层层叠叠的岩壁上有个山洞，洞前夹岸长有巨树，遮天蔽日，令人仿佛置身隧道。岩壁上渗水的地方长着一捧捧石灰色铁线蕨，空气中弥漫着水的气味、湿石头的气味和绿色蕨类植物的气味。洞里有间木板搭就的泉窖[1]，他进去看了看，窖内有放奶罐的石槽和冷藏奶酪或腌肉的石池，水是冰的。

这里有许多清澈见底的深水潭，溪涧下游就有一个特别大。他们听见远处传来喊声，有人在山的另一边或就在山顶喊着什么，他听不出那是什么话。他静静地站着听了很久，喊声停了。他和孩子一起又按兵不动地坐了好半天，喊声再没有出现。

她反正需要用香皂好好洗个澡，他就把“药泉”马车停在通往一条更宽的溪涧的山谷中，解下梵希，用干玉米犒劳它。又把两匹马从山谷里带上植被繁茂的山坡，拴在树上，看它们吃饱了，就将它们留在那里的隐蔽处。

1 泉窖（springhouse）是建在泉水上的一种单间小屋，过去有西方人利用流过它的泉水的低温来冷藏食物。类似于我们用井水冷藏西瓜。

这样过夜更安全，虽然被拴一晚上后，早晨它们可能会不高兴，但让它们自由活动太冒险了。

他回到潺潺的溪水边，背对乔安娜坐下，她身穿杜兰德的坏女人送的衬裤和衬衣，纵入深水，小心翼翼地游着，不发出一点声响，也不激起一点水花，肥皂泡顺着水流悄无声息地向下游漂去。他用脸盆净面刮须，生了一小堆火做好晚饭后，很快将火熄灭，两人席地而坐，一边吃饭一边仔细听着动静。反动军有自己的准则，他们活在自己的世界，毫不理睬文明战争的那些繁文缛节，抢劫一老一少对他们来说没有什么不公平的。在印第安战争中，每个人都是战士，不存在什么平民。听了一会儿，上尉与乔安娜回到窖内，在一片宁静中听着汩汩的水声。此处的阴影能提供很好的保护，在这里，他们可以继续观察，甚至也许能睡上一觉，流水声有安神的效果。

夹岸的两棵常青橡树在水流上方汇合，树叶一片片落下，飘入水中。新旧树叶正在缓慢更替，枯叶又小又硬，落下时仿佛钱币。

由泉窖的窗户望出去，他看见头顶上一根巨大的橡树垂枝突然抖动起来。树叶扑簌簌落下，仿佛下了一阵小小的钱雨。

他轻轻倒吸一口凉气，一开始，他以为那经年抓住溪岸的橡树终于累了，要倒下了。他以前碰见过这种情况。孩子也醒了，走过来站在他身边，身形隐在阴影中，透过小窗户往外看。

粗枝上突然掉下一个人，他掉得那么猝不及防，似乎掉了很长时间。那是个瘦削的青年，蓄着金色长发。他落啊，落啊，一只手里抓着自己的弓和箭筒，月光洒在他身上和头发上，头发像一大捧亚麻丝，在头顶飘飞，仿佛一朵笼罩他的金色的云。头发一侧长、一侧短——竟是个基奥瓦人。他落进水里，水花溅起，像展开一面水晶的折扇。

然后他浮出水面，向岸边划来，手里高举着自己的武器。

基德上尉拿枪的手动了动，好让枪头朝外。水面在他的眼底投上暗蓝的幽光。他突然怀疑她是否背叛了自己，是否向藏在悬崖峭壁中的同伴——那些也曾被俘虏的年轻人——发出了信号，今晚是否是他活在世上的最后一天。这就是她所渴望的事：回基奥瓦，回到她所熟悉的生活中。他们才是她的“自己人”，他们的神，也就是她的神。

他回过头寻找她的眼睛，她将手放在他的手臂上，轻轻地摇了摇头。接着，又有三个人从橡树上落下来，一个接着一个落进水里，溅起巨大的水花，向着岸边游来。他们说起了低沉的基奥瓦语，轻轻呢喃着，走远了。

也许死神刚与他们擦身而过——它隐于弓箭，隐于美景，隐于暗夜。

他们继续向卡斯特罗维尔南行。

途经山地小镇费德里茨堡，该镇四面被山地所挟，面积逼仄，毫无自卫能力。镇民大多是德国人，难怪他听人叫它“德国佬的镇子”。镇中主街足够三到四辆大车并行，一旦被侵犯，来犯者可以舒舒服服地从正中碾压过去，并向两个方向随意开火。

黄昏的夕阳徐缓无声地在主街上越洒越远。旅店的灯纷纷亮了，尘土像一朵朵花儿，开在梵希的脚边。上尉照例要了两间房，花钱买了洗澡票，雇了洗衣妇。旅馆主人点到上尉与乔安娜的名字时，人们都围过来看这辆绿色观光马车。孩子的名字是乔安娜·里昂伯格，是用德国银币兑来的战俘。他们都从比安卡·巴布的爷爷那里听说过这种德国银币，她也曾被印第安人掳走，是她的爷爷将她换了出来。

围观的人们给了他许多建议与提醒，都说被抓过的孩子性情乖僻，不喜欢白人，说他们眼神诡异，很可能是吃了印第安人的什么秘药，不然没法儿说得通。

上尉提出办一次念报会，虽然他知道不会有多少人来。本地人对英语不甚了了，更别说报刊上的书面英语，而且他们对外界所发生的事似乎也知之甚少。但这次念报主要是为了让乔安娜熟悉在门口乖乖坐着收钱的工作，相当于练习，人越少越理想。镇上准他在凡心科奇楼念报，他就把广告张贴出去了。他本想找个铁匠修好马车轮子，但镇上的铁匠已在去科维尔的路上被杀死了。

担心她的礼仪还不适合下馆子，他们就在她房里吃了一顿有面条、羊肉糜和奶油酱的德国餐。她小心地在膝头铺上餐巾，每吃一口，都将餐叉准确无误地送到与嘴唇平齐的位置，然后直接送入嘴中。

吵啥哪做得好?

我看已经可以了，他说。

她嘬起一根面条，嘬到最后，末一截抽在了鼻子上。

乔安娜!

她笑出了泪花，把头发抹开，重新开吃。上尉本想严厉一些，最后还是算了，顾自兴致勃勃地吃起了盘中的食物和配菜盐渍花菜。他已经很久没能好好吃顿饭，很久没吃到用牛奶或奶油做的菜，吃完饭不用自己刷碗也已经是很久以前的事了。

表，她说。他从兜里把怀表拿出来打开。

再过三十分钟，他举起表说，我们就要出发了，念报会七点开始。

是小针指着“7”，大针指着“12”的时候吗？

说得对，亲爱的，他说。然后他指了指走廊尽头的浴室，又递给她一块毛巾。去吧，他说。

他们来到凡心科奇楼，这栋楼既是镇民的礼拜堂，又是集体活动的礼堂，必要时还作堡垒使用。他让她在门口坐下，把油漆罐摆在她身边的花架上。

一毛钱，他说。他举起手，坐在这儿，别动。接着他走出门，转身又走回来，假装自己刚注意到乔安娜，说，十美分？

她立即明白了，指了指油漆罐。一毛！她庄严地、掷地有声地说。于是那天晚上，他读了几张东部报纸，乔安娜则充当了售票员的角色，她兢兢业业的样子，仿佛期盼这份工作已久。一个穿格纹图案连衣裙的小姑娘，扎着赭色麻花辫，露出雪白的小牙齿，用一对透明的蓝眼睛盯着每一个人，指着油漆罐说，一毛，席昏（十分）。她不知从记忆的何处又突然想起了一个德语词，于是有人逃票时，她就对着这人大喊：注意了[1]！席昏！

念报这件事再一次变得快乐起来，生动起来，上尉的声音重新带上了昔日的活力，读到滑稽的事，比如

1 原文为德语。

印度妇女不肯口称自己丈夫的名讳时，比如新闻报道员误收了好几条老电报时，他也会忍俊不禁了。他想起自己的过去，在威瀑县遇到她以前，他的生活是多么无趣啊。众人大笑时，他看到她明朗的小脸也笑开了花。这很好，欢笑对一个人的灵魂和一切内心的建设都有好处。

那晚他与她一起走回旅馆，在她的房间里安排她睡下。她狠狠打了个哈欠，说，大嘛（大马），肖嘛（小马），在床单上擦了擦手，又打了个哈欠，向后倒在床上，片刻之后就睡着了。他蹑手蹑脚地走出屋来，他知道转天早上再见时她又会睡到地上去，但这已经是个进步。他自己的门前放着一包他们的衣服，已经洗净熨好。这意味着明天早上他们能衣冠整洁地做文明人了。想到这里，他不禁感叹乔安娜是如何被磨去了棱角。他坐在台灯边，想从报上找几篇非时事性文章，关于化学物质的发现和宇宙奥妙与惊奇的小品文，比如阿尔方斯·博瑞利发现新彗星，命名“莉迪娅”；比如罗赛伯爵算出了月球表面温度，说是五百华氏度左右。如果还有必须念报的场合，这两篇能凑合用了。他拿出明天赶路要穿的旧法兰绒格子衬衣、系带皮鞋和干净袜子。下一站到班德拉，路上要走四十英里，倘若被杀死，剥了头皮，起码他们的尸体上穿着体面的衣服。

他拆开点38口径手枪，将部件一一擦净，重新组装好，然后写了一份清单：**马粮，面粉，子弹，香皂，牛肉，蜡烛，信仰，希望，慈悲。**

我不喜欢这里

他们终于抵达班德拉镇，当地波兰移民正在一台伐木机前劳作，大街上排满怕遭科曼奇人打劫而准备结伴去圣安东尼奥的货车和拉车的公牛。硕大无朋的公牛沿街而来，有的六头一组，有的八头一组，每走一步都晃一下脑袋，仿佛听到了人们听不到的音乐——某种笨重的华尔兹。人们依然认为红人只在月圆时出动，虽然现实中已多次出现反例。眼下月圆之日过去已久，班德拉的人们大都错觉自己很安全。

他发现班德拉因为货车太多，铁匠忙着给牛换掌、修理车架、在铁砚上敲打马车螺栓，已经力不从心。于是他打消了修车的念头，看来车轮上的裂缝还得再多支撑些时日了。

上尉租下达文波特贸易楼，念了一小时报，赚来足够去卡斯特罗维尔的钱。为了找到适合结束时念的消息，上尉在自己的报纸收藏中掘地三尺地找着。比如得州再次入盟的消息就不错。他推正老花镜，凑近牛眼灯。辛辛那提成立首支职业棒球队红袜队，从此开创了一种新的运动理念……阿达·科普利，首位从法学院毕业的女性……横跨曼哈顿与伯克利间的城际大桥仍在建设中……民主党启用驴的形象作为党标……杂耍剧院在伦敦河岸街开张，女性裸露肢体惊现舞台。乔安娜已经克服了对白人的恐惧，她坐在门口，举着油漆罐收钱。上尉知道她认为钱币不仅是交易媒介，更是枪弹。她像小鸟一样转动着脑袋，视线跟随着每一个进门的人，一旦发现逃票者，她就用自己小小的手坚定地揪住那人的袖子，大喊，一毛！吵啥哪搭抢（打枪）！

人们不懂这话的意思，但她的意图是明显的。

山峦向后退去，变成远天里一条弯弯曲曲的蓝线。山里没有平坦的路，终于走出山地，他们来到一片草原，青草如毯，令人惊讶不已。因为海拔降下来了，风势也就微弱下来，风中带着墨西哥湾与格兰德河的气味，带着牧豆树的气味，带着帕尔马牛轭湖边棕榈树的气味，甚至仿佛还带着三十年前炮火的硝烟味。一切都不会离去，他做的每一件事，上过鞍的每一匹马，每一个在玛丽亚·路易莎身边醒来的早晨，每一声印刷版拍打在新鲜纸张上的声响，每一扇他打开过的贝妲科尔特大屋的百叶窗，还有死在他眼前的他自己的上尉……所有的事都缠绕在一起，仿佛一卷电报线，其中的信息无一遗失。多么奇怪啊，多么奇怪啊。带着咸味的南风，轻轻地吹起梵希的鬃毛。

唱喂？

什么事，乔安娜？

我有的娃娃。

他想了一会儿，说，哦，你留在红河边的娃娃。

对，我有的娃娃，她看过去。看啊，看啊。孩子将双手摊开在自己的腿上。你在卡斯特罗维尔念吗？我还说一毛，席昏？

不念了，乔安娜，再也不念了。上尉的心颤抖着，仿佛摇摇欲坠。再也不念了，亲爱的。

她挨近他坐在驾驶座上，将手放在他的肘窝里。好吧，她说。

不。他指了指前方。叔叔，他说。婶婶[1]。

一种凉凉的、倒错而寂寥的感觉，从她心里生出来。他是她在这世上唯一熟悉的人，唯一相依为命的人。他

1　原文为德语。

力气大，充满智慧，他们曾并肩作战于山泉。她现在会用叉子，也能忍耐那些恼人的裙子。她到底做错了什么呢？一定是做错了什么。两人默然无语，穿过偶尔点缀一两块田地的牧豆树与灌木的平地。白人驾着车，从他们身边驶过。铁轮上，刹车闸咔嗒，咔嗒，一下一下地敲着，仿佛一口钟。

*Kontah*笑！她突然喊道。哈！哈！哈！他转过头，看见她的小脸上正流下泪水，小小的雀斑因为汗水与暑热而显得更为突出，她拉起格子裙的裙摆擦脸，*Kontah*？

你会适应的，他用不容分说的语气说。我已经收了钱了，也跟人保证了要把你送回去，我这人从不违约。

*Kontah*坡叟（拍手）！她强作微笑。

言而无信很不光彩，等于盗窃。不，我不想坡我的叟。

她的头低下来，蜜糖色的头发披散下来，遮住了她滚烫的小脸。她明白他语气的严肃和手臂的僵硬中的意味。前方的某个地方，陌生的白人正在等待他们的到来，他们是叫作叔叔和婶婶的人，在她的记忆中，他们像微光中的幻灯片一样模糊不清。接下来的一切她将独自慢慢揭晓，但永远也不会知道*Kontah*要去哪里，又为什么要离开。风没有为她带来任何族人的消息，他们已经远逝，再也不会回来。她从他手臂上把手收回来，她的裙摆在微风中飘动，她哭泣着。裂了缝的轮箍咔嗒作响，计算着时间和里程，咔嗒，咔嗒，咔嗒。

他们离开由南至北连接山区和圣安东尼奥路的大路向西拐去，沿途田中满是整齐的犁痕。马车经过时，犁地的人都抬起头来看，目送他们远去。

卡斯特罗维尔到处是尖顶石屋，有些高达两层，第二层四面游廊，开着细长的高窗，女人们在窗前掸着布匹和毯垫，将灰尘撒到过路人的头上。除了当地人院中生长的仙人掌和牧豆树外，一切看来都跟上尉在凹版印刷的欧陆风情画中看见的一模一样。按照习惯，当地人分成不同村落起居，白天下地干活。上尉在四月的第一天就把自己的帆布大衣扔了，眼下只穿了里面的衣服赶车，还把衬衣的袖子挽了起来。平原天热，刮一点风反而舒服。不管怎么说，两人终于安然无恙地抵达了目的地，马匹的状态也都很好。

他们经过梅迪纳河上被香榧林环绕的磨坊旅馆，赫然见到一座占地足有三英亩的无玷圣母献主教会学校，街中行人谨小慎微生活着的样子，同在阿尔萨斯–洛林[1]的人们生活的样子别无二致。胡特种子公司的仓库大得

1 阿尔萨斯–洛林（Alsace-Lorraine）是德法历史上有过争议的一个地区，几次在两国间易手，目前归于法国。

仿佛山洞，库中没有一丝阳光，系在车后的帕沙嘶鸣着呼唤自己的同类，同类越喊越多，实在太多时，它便不再喊了。

上尉打听到威尔汉姆与安娜·里昂伯格就住在此地以西十五英里一个叫迪哈尼斯的小地方。而里昂伯格夫妇与其女的墓地就在当地的圣公会教堂中，为避免大家围观，他没有向任何人透露乔安娜曾是战俘的事，也没有提到她的父母。如若不然，人们会带着蛋糕、馅饼和羽绒床垫来看望她。男孩们会对她吹哨，女孩们会因为她奇怪的面无表情的样子而盯着她看，大人们则会开始对她说阿尔萨斯方言。

他们赶车向西离开卡斯特罗维尔，走在尘土滚滚的生硝石路上。慢慢地，圣公会教堂的屋顶和塔尖，从地平线上升了起来。

他们在墓地里站了一会儿。上尉按照从小学到的礼仪，摘下帽子按在胸前，孩子好奇地看着墓碑与碑上哭泣的天使像，仿佛事不关己。接着，又环顾了围绕在自己四周的一块块被整齐犁过的田地，一幢幢沉甸甸压在大地上的石房子。

我们回达拉斯去？她说。我不喜欢这里。她要最后再试一次，她的语气平静而自持。我不喜欢这里，秋秋你（求求你），唱喂，秋秋你。

不能回去，亲爱的。他爬上驾驶座，拿起缰绳。我们不能一起回去啦。

她站在坟前不动，继而抬头望向平坦的乡野。一瞬间又变得仿佛木雕。勇气是一个基奥瓦人的根本，基奥瓦人从不摇尾乞怜。她明白在最绝望的时候她至少可以绝食，在意志崩溃以前她可以把自己饿死。她再次抹了一把脸，也爬上了马车。*Ausay gya kii*，*gyao boi tol*。备战严冬，备战艰难时刻。仿佛为了备战，她将自己的辫子编了起来。编完，她变得沉默不语、纹丝不动起来。

他们在干燥的大地上无声地赶路，阳光刺目，天气炎热。咔哒，咔哒，咔哒。

上尉拦下一个骑马的男人。

他说，先生，我有件事想麻烦您，您要多少报酬都行。

什么事？

男人马骑得很稳，无论这马如何扭身子，他都端然不动。他穿着白衬衣和黑背心，鞍后拴着他的羊毛礼服外套，他审视上尉，在他看来上尉是个美国人，衣着体面，赶着一辆上面有金字和弹孔的马车。

上尉说，请告诉我威尔汉姆和安娜·里昂伯格住在哪里，然后麻烦您先骑马去告诉他们，就说扬和葛丽泰失踪了四年的女儿乔安娜·里昂伯格从基奥瓦人那里回来了。

骑马的男人对上尉与乔安娜打量了半天，后者也用一双蓝眼睛回望他，神情仿佛镀锡白瓷一样坚硬。

良久，他反应过来，仰天叹到，赞美我主！

男人感叹完毕，二话不说，策马就去报信。上尉见他向南去了，跑过圣公会教堂，就看不见了。高草中飞起几只春鸟，才刚走出的大山，重峦叠嶂，横亘在他右边，看上去那么遥远，竟仿佛比这眼下的平地更让人感到安稳。

他们在笔直的大路上走了很久，来到里昂伯格农庄。他先下车，伸手去搀乔安娜。孩子的活力又枯竭了，回复了骨一般的冰冷。她动也不动，转动着眼珠，审视亲戚家的农庄。石头房子，前廊从左贯通至右，得州人称这种门廊为“游廊”，四周围着尖头篱笆，院中养着鸡，堆着农具，立着一座谷仓，长着牧豆树，有几条狗，烈日当头。上尉请来通报消息的男人正站在院里，手里牵着马，脸上挂着微笑。他盯着乔安娜，仿佛看不够似的。谁也不说话。那几条狗跑来围住他们，用叫声加以恐吓。

走开！走开！[1]一个男人从屋里冲出来，手里拿着马鞭赶狗。听见德语，乔安娜的头抬了起来，仿佛第一次

---

1 原文为德语。

注意到似的，她从左至右打量起整个庄园和它的侧屋，仿佛终于看见了南得州广袤的乡野，看见了围绕在庄稼地边缘的开垦田后剩下的牧豆树，看见了盛开的金合欢，和那仿佛烛台般伸展着枝叶的嫩白多汁的丝兰。婶婶，她轻轻地说，叔叔[1]。

基德上尉摘下帽子。我叫杰弗森·凯尔·基德，塞缪尔·哈芒德在锡尔堡的印第安事务处从印第安人那里赎回了你们的侄女，现在我将她送还给你们。

他递过文件，静静地站着，仿佛站在一场暴风雪里。他感到喉咙生疼，他累了。他的眉骨又痛起来了，钻心的疼痛又在头皮上蔓延开了。他伸出的手指枯槁如柴，仿佛地下墓穴中木乃伊的双手。乔安娜爬过驾驶座，跳下马车，站到他身边。

安娜·里昂伯格也从屋里出来，站在自己丈夫身边。男人读着文件，基德上尉等待着，短短几秒钟仿佛永远过不完。终于，他说，我们是从红河边的威瀑县一路过来的。

对[2]，没错，阿道夫说了。威尔汉姆·里昂伯格头也不抬地指了指送信的男人。他仍在看文件，他有一头亚金色头发，脸被太阳晒成褐色。他转身看看阿道夫，又看

1 原文为德语。
2 原文为德语

看上尉，最后说，我们交了五十美元金币。

对，基德上尉说。我用那钱买了这辆马车。

威尔汉姆打量着马车，打量着车上烫金的“药泉”和满车的弹孔。还买了马套？

对，还买了马套。

你有收据吗？

没有，基德上尉说，我没有收据。

威尔汉姆转而审视乔安娜。她赤着脚，两只鞋系在一起，挂在脖子上，一手攥着梵希的背带，由于攥得很紧，指关节都发白了。她的头发都编了起来，盘在头上。她穿着纵横着嫣红色线条的黄色格纹连衣裙，裙摆被平地上的大风吹起又落下，吹起又落下。

威尔汉姆说，她爸妈都被印第安人宰了。

我听说了，上尉说。真是个悲剧。

刚才来送信的那个男人脸上露出尴尬的神色，用阿尔萨斯语高声说了些什么，语气欢快，仿佛在打圆场。接着又对上尉耸肩了耸肩，仿佛在说，我们并不是都这样不近人情。

妥了，那你……要不进来坐坐？

送信的人咬着下嘴唇，苦着脸略一踌躇，终于还是骑上马走了。

她必须干活

虽然上尉提出了许多忠告，说孩子需要清静平和，需要时间适应环境，她自认是基奥瓦人，欧洲世界的礼仪还得从头慢慢教给她，且已被三度易手，必须帮她重建对他人的信任，但他也知道孩子失而复得的消息太惊天动地，威尔汉姆·里昂伯格很难不到处去说。很快，大家就都会赶来，带着神父，带着歌声、赞美与感激，带着香肠和奶油蛋糕。为了看看她是否还记得家乡话，他们会大声对她说德语，翻出她父母的锡版照片和她六岁时穿的小裙子，嘴里说着，记得吗？记得吗？

上尉一手端着浓咖啡，一手拿着茴香籽蛋糕，坐在马毛沙发上。乔安娜蜷缩身体坐在角落里，双手紧握脚踝，裙摆挂在臂弯中，一动不动地观察着白人收集并摆放在他们无法移动的家里的无数东西。银版照在她眼里只是排列着古怪的黑白色块的金属盘子。提花织物、绣着亮橙色与石榴色花卉的地毯、窗上的玻璃、餐具柜上陈列的仿佛铠甲一般的硬瓷餐具、玲珑娇小的墙边桌。所有的窗前都有悖逻辑地挂着窗帘。她不明白为什么要在石墙上开出窗户，又在窗户上装上玻璃，又用布把这些玻璃遮起来。

起来，女人说，你快起来。

乔安娜严肃而面带疑惑地望她，继而转过身去。

我们见到我弟弟和弟媳时，他们的脑浆子流了一地，威尔汉姆说。蛮夷把他们的脑子掏出来，往里塞了稻草，塞在头骨里，跟鸡窝似的。

唔，上尉说。他手里的咖啡正在变凉。他踌躇再三，勉力喝了下去。

她妈妈被他们糟蹋了。

真可怕，基德上尉说。

人也被剁碎了。

言语难以描述他们的残忍，上尉摇着头，突然感到胃里不舒服。

安娜身材细瘦，举止一丝不苟。她皮肤光滑，呈橄榄色，有一双巴伐利亚人的黑眼睛。她看着坐在地上的倔强的孩子陷在一团扯脱了花边的乱糟糟的裙摆间，赤着脚，脚板粗糙发硬，头上发辫松散。她慢慢地摇着头，又抿紧了嘴唇，审视着孩子那双开了口的鞋。

安娜说，他们用割喉的方式杀死了他们的小女儿，又把她单腿倒挂在沙比纳河边的大树上，就在商店的边上。说到这里，安娜双手合十。怎么追也追不上他们，村里所有男人都去追，都骑着马往死里追。

我懂，上尉说。他轻拭嘴唇，咖啡很浓，浓得在里面插一把勺子也不会倒。

那么，安娜低下头，用手腕擦了擦眼睛。她从蛮夷那里回来，她高兴吗？

所有人都转头看着孩子。她正对自己唱着歌，唱得又慢又轻，小脑袋随着节奏一下一下点着，唱的是一首基奥瓦人的歌。也许在诅咒与族群敌对的人，也许在祭祀作为万物之父的太阳，也许在称颂威奇塔的群山，又也许只是在求助。

她必须学会干活，威尔汉姆说。她必须学会像我们一样过日子。他深吸一口气。我俩没有孩子，只有个侄子在弗利欧镇上的养牛场打工，我们想叫这孩子来，主要是因为我妻子需要帮手，活儿太多。她不坐椅子吗？怎么老待在地上。

她是不是以为自己是印第安人？安娜问。她斜着双眼，又悄悄看了一眼乔安娜说，起来呀。乔安娜不理她。

恐怕是这样，上尉说。希望你能理解，她才十岁。

这孩子的习惯得好好改一改。

我想她已经改了不少。

安娜点点头。她已经大了，能干活了。

不，她还小，上尉说。

威尔汉姆张开嘴，话到嘴边停住了，仿佛想起了什么。众人仿佛悬在线上，静静地等着他的发言。终于，他说，所以你买车没有拿收据吗？

没有。

是夜，上尉在楼上一张硬板床上睡觉，不得不像块木板一样躺得笔挺，而乔安娜执意睡在“药泉”马车上，且必须要裹着她那条红色*jorongo*。第二天当大家来看她时，她飞似的冲进谷仓里，把裙摆往腰带里一塞，露着脚踝和小腿，顺梯子爬到高处，说什么也不肯下来。有人边操着德语对她说话边往上爬，她便扔下一把镰刀和一把刨树皮的刨子。

别打扰她啦，上尉说。你们就不能让她一个人待会儿吗？

于是，用自己的双手运来了瑰丽的圣公会教堂的石头、用自己的劳动筑起围绕游廊的雅致的石房子、并用享誉业内的胡特种子公司的种子辟出了美丽的花园、种出了大如卷心菜的牡丹、又种出了大如黄油搅拌桶的卷心菜的勤劳善良的迪哈尼斯人，顾自为小乡亲从蛮夷人手中重回故里而展开了庆祝活动。牧师捏着上尉的手，诚挚地握了好几分钟，一边拍着他的肩，一边说着感谢和赞美的话，称上帝在漫漫长路上一定给了他们保佑。他说话有爱尔兰口音。人们在院中架起长桌，摆开阿尔萨斯当地菜肴，有得州风味的烟熏牛胸，还有土豆、奶酪和奶油。

送信人阿道夫也来了，他坐到上尉身边。此人肩宽背阔，因为是德国人，便也不可避免地有着德国人拘谨的习气。狗被赶到车下趴着，用尾巴有节奏地拍打地面的尘土。一只明蓝色丛鸦俯冲下来，停在栅栏尖上，先用一只眼，再用另一只眼端详长桌上的菜色，被阿尔萨斯佳肴的丰盛所折服。

送信人说，威尔汉姆和安娜，他们活很多。

上尉拿起一块小酥饼。他说，你继续说。

本来他们侄子是跟他们一起住的，但他跑了，跑到南边的野马沙漠“努埃塞斯带”[1]去了。

我听说是弗利欧镇。

一个意思。

因为他们把他当牲口使唤，对吗？

---

1 努埃赛斯带（Nueces Strip）位于努埃赛斯河与格兰德河间，素有“野马沙漠”之称，故此处直接译出。

对。

上尉说，那怎么办？

没法儿办。送信人用骨节嶙峋的手举起叉子指着面前的人群。虽然他们都来庆祝她回家，回去后也会对自己的儿孙说这件事，会说一辈子。但他们不会管她过得好不好，不会干涉里昂伯格的家务，不会关心她究竟是否被善待。难道你们英国人不是这样？

也是这样。

到处都一样，不管是英国人还是西班牙人还是德国人，世界就是这么个地方。我自己是德国人，我可以负责任地告诉你，德国人严酷起来是很严酷的。他长长地吁了一口气。印第安人杀死父母、掳走孩子时，我去追他们了。我跑死了我最好的马，它在班德拉道上跑得炸了肺。

你尽力了。上尉拍了拍男人的肩，起身将自己的盘子放到一辆大车的后盖上。我得走了，他说。谢谢你的提醒，但我也无能为力。

他们没有领养文件。

谁会管这个？难道牧师会管？

嗯。拟定领养文件的工作由牧师负责。

他们会领养她吗？

这个高个子男人靠向椅背，转头看着威尔汉姆和安娜。他们坐在友邻中间，表情严肃冷峻，仿佛两个陪审员。上尉发现没有多少人去跟他们说话。来客们只顾自己谈笑，欢声笑语中，不时有人看一眼乔安娜藏身其中的大谷仓，却没有人理睬里昂伯格家的人。

送信人说，我觉得他们不会。因为这样一来，按照法律，他们就对她有养育的义务，按照习俗，他们还得给她备一份嫁妆。比如那个侄子，他们就没有领养。

嗯，上尉说。我懂了。他感到胸口发紧，喉咙发硬。

男人拽住上尉的袖子。他说，你可不能把她留在这儿。

上尉感到一种类似绝望的东西。他说，谢谢你，先生。我最多有时能来看她。现在，我必须走了。

他必须离开，马上走，趁着眼泪还没有流下来。

我们走

他转身从来时的路走了，往东赶上了那条笔直的大路，走了二十二英里来到卡斯特罗维尔。又在梅迪纳河边住了店，梅迪纳河绿色的混浊河水推着水车隆隆地转了一夜，上尉也就幽幽地听了一夜。翌日晨，上尉仔细刮掉胡子，穿上念报才穿的衣服，向圣安东尼奥出发。

他在阿拉善溪的浅处过河，见几个墨西哥女人头顶湿衣涉水而过，相互间聊着笑着，在四月的暖风中拧干她们长长的黑发。他心情好起来了。她们用西班牙语对他喊着村野粗话，以为他不懂，等他用同样的语言回答时，皆惊呼起来，大笑着往他身上泼水。回到圣安东尼奥令他感到很快乐。

他愉快地听到圣费尔南多教堂的钟声，听到一个头发跟他一样白的男人站在过路的车里喊他，杰弗森·基德先生！您可得来看我！他顺着一条小路溜达，夹道排列的石筑小楼将凉意牢牢地圈在石材围绕的中庭里，一直到镇中心，这样的小楼鳞次栉比，一字排开，连成一道白墙，呈古罗马时代起就有的南方小镇的建筑风格。除此外的二层小楼都是农场主的房子[1]，是在巴尔肯斯高地上经营草场的农场主在城中的别墅，别墅的二层皆有铸铁雕花栅栏，将各自花边一般的影子投在楼下的墙壁上。

等他走过圣马丁路桥、走过卡拉马里路、走进阿尔玛斯广场时，天色已近漆黑。1749年建造在这里的西班牙布政使广场只剩残垣断壁，开阔的阿尔玛斯广场上——即军事广场，民用大车拉着谷子、蔬菜和干草，排成几行做着买卖。小吃摊上堆着水果，凸肚大锅熬着辣椒酱，摊主都已点上了各自彩色的灯笼。在广场周圈挤挤挨挨的是一系列商铺，有范思酒店、莱森纳与曼德鲍尔皮料店、罗德与狄恩锡器店，还有许多服装店、台球房和停车库。上尉将"药泉"马车连同它所承诺的有治愈效果的泉水和它满身的弹孔一起留在一个停车库里，又将梵希和帕沙寄养在哈比马厩，两匹马各自风卷残云般吃下了一大袋干草。他到范思酒店住下，伤情而烦躁

1　原文为西班牙语。

地过了一夜。

翌日，他走出酒店来到广场，看到伯兰霍姆楼隔壁就是自己原先开的印刷店，楼里现在堆满了等待修理的旧车轮和某种机械的零部件。他手搭凉棚朝自己的印刷店里看：满地灰尘，斯坦霍普活字印刷机已经不见了，很可能被卖了，且已被拆成各种部件挪为他用，地上还丢着一包碎羊毛和一只鞋。

他跑到隔壁伯兰霍姆律师事务所。

伯兰霍姆在里面，一见上尉马上站了起来。他就领养的事与面前这位年轻的伯兰霍姆律师讨论了三十几分钟，询问了被掳的孩子的法律权益，还聊了聊《出版物管理条例》。

伯兰霍姆说，条例在几年内有望取消。只要戴维斯一走，军队即刻没了权力，到时您也许能重拾旧业。至于儿童战俘嘛，他们的监护权应该归属父母或其他监护人。

此后，上尉骑上帕沙穿过车流，离开闹市，沿圣安东尼奥河往正理修道院的遗址走去。只要能拨开法律的迷雾，他们就能重获这片属于他们的土地。所有修道院里他最喜欢这座，虽然正堂已废弃，墙上刻满各种游手好闲之人的姓名，但这件事他还是留给伊丽莎白处理吧。他太了解德·拉若阿先生，这个老学究是西班牙殖民地归属权方面的权威，他当头第一句话必然会是：但是先生，您没有这些土地的继承权。因为只有你的女儿能继承，所以我只同你的女儿谈。

他掉转马头骑回城里，去邮局询问是否有自己的信。他手里拿着四页信，在邮局前的阶梯上坐下。从笔迹上，他立即认出这是伊丽莎白的来信。

他们再过两年就回来。*亲爱的爸爸，您知道我们也想念得州，但*……她写到旅途的漫长和旅人的劳顿，写到奥林匹娅的娇弱，写到他们经济拮据，买不起马，即使买到了马，此时又如何能渡过密西西比河？如果他有钱能周济他们，请寄一些。起居方面她写到，*咱们有没有可能租赁贝妲科尔特大屋的房间？不管怎么说，现在的住民也都是妈妈家的人。*她已经给德·拉若阿先生去了信，说了正理修道院那块地的事。

在这里念报不会有多少人前来，从此地再往东或往南，所有大城市也都如是。因为得州的大中型城市都有从岸口而来的稳定报源，一部分走海路从加尔维斯顿和印地安诺拉上岸，另一些经铁路从圣路易斯运来。在文明的巨口不断倾吐出电报与蒸汽机车等进步事物的同时，有些孩子还在遭受科曼奇人与基奥瓦人的掳掠，有些地方还有反动党派在暴动，这虽然令人匪夷所思，但事实确实如此。他念的报只会在北边与西边靠近前线地区，例如达拉斯和麦卡维特堡这样的小村镇才能吸引到听众。

于是他买了一堆南方城市新出版的报纸，比如《孟菲斯每日趣闻》，比如佐治亚州哥伦布县的《军号》，又买了些东北城市的报纸。他回到范思酒店，守着那堆报纸坐了一夜，又是抽烟，又是来回踱步。他睡不着，最后他实在不行了，差一个小厮去密立根烟酒店买了一品脱威士忌。密立根的威士忌是信得过的。他爱这个小镇，也爱这里的河流。他透过杯中的威士忌望着窗外的煤油路灯，它们的光溶解在金铜液体的色泽中，轻柔地荡漾着。我也老了，他想。但我还不残疾，还不傻。

翌日晨，他赶上车，走上了卡斯特罗维尔路，帕沙照例在车后拴着。他无法打消自己的忧虑：安娜与威尔汉姆不可能理解一个被俘虏、被交易、又被可以说实际上毫不相识的血亲“领养”的孩子的感受，甚至不是真正的“领养”，因为他们都是些冷酷无情的守财奴。他要试一试，他要去辩论，去贿赂，要倾其一切去争取。

做完这件事后，他计划北上。

抵达迪哈尼斯时已经入夜。他拐上通往里昂伯格农场的路，心想他们此刻或许已不想要她，又或许恰恰相反。他无法预测究竟是哪一种情况，但他觉得逼她干活儿恐怕是不可能的，除非施以毒打。

他在农场附近一丛牧豆树边停下车，从这里能看到农舍中一盏灯亮着。他手握拳头，放在鼻子下面，静静地思考着。

然后他看到了乔安娜。她独自走在平坦的草地上，肩上扛着几张厚重的兽皮，双手拎着一只桶，笨重地走来。他们竟在天黑以后还差她一个人去地里牵马归圈。她在四月的高草间跋涉，用基奥瓦语轻轻地唤着马，仿佛要避人耳目。地面时有坑洼，她在兽皮与盛着玉米粒的木桶的重压下走得磕磕绊绊，蜜糖色的头发蓬乱不堪，在肩头飞舞。她只有十岁，负荷着二十磅的兽皮和装满玉米的木桶，在黑暗中被支使到一片她一无所知的田里。

他站起来叫她。乔安娜，他说。

她转过头，停下脚步，看到了马车、车后的帕沙和车上的上尉。高草在她的裙摆间窸窣作响，还是他离开时她穿的那条裙子，他们甚至没有让孩子洗澡更衣。

唱喂！她轻呼。她转身向他，略一踌躇，然后摇摇晃晃地走来。哦，帕沙想吃，对吗？她抓出一把玉米粒。我给帕沙，好吗？这是她唯一能想到的伎俩，好让*Kontah*留下来，让自己被接受，被喜欢。

他看到她手上、手臂上的血印子，那是打狗鞭抽打的痕迹。他心中燃起的怒火几乎让他动弹不得，仿佛要晕厥过去。少顷，他用镇静的语气说，我们走，没事了，我们马上走，别管那只该死的桶了。

他把缰绳绕在车杆上，跳下车来。她扔下木桶朝他跑，抓住栅栏顶上的木杆，一跃就到了大路上。她双脚稳稳着地，裙子仿佛飞舞的羽扇。

Kontah，她说，爷爷，我跟你走。她哭着说，我跟你走。

对，他说。他搂住她，扯下她肩上的绞索狠狠地掼在地上的尘土中。上尉调转“药泉”马车向北赶去。他说，谁敢拦着，我们就在他身上打满十美分硬币。

勇气是人类最后一道防线

他与乔安娜一路北上，途经圣安东尼奥、威瀑县、波伊镇，来到贝尔纳普堡。有时，他们与车队或军队同行。大家都知道孩子是这个念报为生的人从印第安人手里救下的，且相传她曾像个真正的印第安人一样，蹑足潜入一个叫阿尔梅的道德败坏的禽兽的老窝，并在上尉还来不及阻拦以前就用一袋二十五美分的硬币将他砸击至死。但她现在，不仅干净整洁，且学会了用香皂、穿鞋子，还能替上尉管钱。有时他们出现在冬季伙食店，坐靠里面的桌子，孩子面前摊开书本，手里拿着木匠用的扁体铅笔，在上尉发剩的广告传单上练字，上尉就坐在一边，耐心地指导她：你看，亲爱的，“A”就是“Apple”的“A”，“B”就是“Boy”的“B”。途经达拉斯时，上尉发现加奈特太太已经跟一个比自己年轻得多的人走到了一起，此人六十二岁，戴一副镜片极厚的眼镜，腰围至少三尺二，但他家在达拉斯，至少不会到处漂泊，他们能安心地待在一个地方。

罗纳德·麦肯基上校将科曼奇与基奥瓦族中最后一股负隅顽抗的势力赶进帕洛杜罗峡谷后，印第安战争终于落幕。上尉和乔安娜在得州风云莫测的土地上不紧不慢地前行，一毛一毛地攒着钱，躲避着麻烦。上尉用自己清晰的嗓音描述着内战将会带来的新世界，描述着蒸汽船、彗星和一种叫作“打字机”的机械，还有最新的四手式领结法。关于无耻的罪人和奇迹般宽恕的犯罪新闻仍喜闻乐见。他修好了轮圈，有时，当他研究报纸时，乔安娜会过来站在他身边，拿起他放在车后盖上的怀表，说，唱喂，时间。

哦，对，他说着，拿起为念报会准备的文章。

他们穿过了马歇尔的棉花田，南下到纳科多奇斯，当地人照西班牙传统，依旧穿笔挺的黑礼服、戴端正的黑礼帽，愿意听他用西班牙语直接念《克拉里昂报》，农场主们在逆境中依然想尽办法要保住自己的地，不让说英语的白人先生们拿去。他们摘下帽子，向孩子致敬，称她为小俘虏[1]。

1　原文为西班牙语。

他们又从那里开拔，去到得州东部，在那里，过去的奴隶们终于都有了各自的生活。他们又沿着海岸线向南来到墨西哥湾，看咸涩的浪花含着沙翻翻滚滚，看躺在海滩上的僧帽水母，彩虹般绚丽，质感有如塑料。每当念报会举办时，她都坚持坐在油漆罐前收费。她慢慢掌握了英语，但说起话来舌头总有些发僵，每念到带“R”的单词都十分困难。他将基奥瓦语中的词汇写下来，想给她做一本词典，但很快就苦于无法标注那浩瀚的由语气声调所带来的不同词义而作罢。

流浪的生活更符合她的天性。在车蓬与侧帘的庇护下，周遭的一切从她身边滑过，每三十英里就是一个新的地方，一批新的人。经过沿海城镇掩映在常青橡树下的清泉，经过西部克拉维尔到拉诺之间枯涸的水道，又从那里来到康休，从康休来到麦卡维特堡，折回到威瀑县，再一次来到西班牙堡，还拜访了西蒙、朵丽丝和他们的两个孩子。

白人珍视的东西她始终无法理解。伟大的基奥瓦民族所崇尚的是在贫瘠中生存的力量，是将已有的东西物尽其用的智慧，甚至因为能忍饥挨饿、餐风宿露而无比自恃。活着并不安全，即使有漂亮衣裙和银行账户也改变不了这一事实。勇气才是人类最后一道防线。她的举止和神情与白人有着区别，他知道她永远不会成为一个真正的白人。遇到有趣的事，她就死死地盯着看，她提出的问题往往直截了当，有时甚至令人难堪。所有的动物对她来说都是食物，而非宠物。花很长时间她才明白了硬币是钱，而非弹药。

在与她相处的日子里，上尉发现自己也越来越少地珍视白人所珍视的一切，对远方和陌生的人们却越来越着迷。为此，他请报亭为他订了英国、加拿大、澳大利亚和罗得西亚[1]的报纸。

他开始更多地为自己的听众念遥远地方的天气和故事：裹着海豹皮的爱斯基摩人，约翰·富兰克林爵士的探险队，触礁于荒岛的船骸，生活在澳大利亚内陆的土著——四肢细长，肤色黝黑，仿若紫檀，却有一头金发，唱一种奇怪的歌，报上说非言语所能描述，上尉倒很想听一听。

他讲维多利亚大瀑布的发现，讲有人自称见到幽灵船“荷兰飞人”号，虽不知真假，但目击者说自己看到有人从那船的驾驶舱中用闪光灯向自己提问，打听早已死去的人的消息。这些消息在得州听众间造成片刻的鸦雀无声，大伙儿一同趋前，认认真真地听着。有时落起雨雪，有时月亮出来了，有时场内灯光突然熄灭，但人

1　今津巴布韦。

们仿佛没有注意到似的。在大约一小时左右的念报过程中，基德上尉的新闻让时间停滞了。

上尉始终不明白，受基奥瓦人的养育何以能对一个出身德国家庭的孩子带来如此大的改变。短短四年，她就把自己的家乡话、自己的父母、自己的同胞和宗教信仰连带构建自己语言的字母一起，全都忘了。她不记得怎么用刀叉，也不记得怎么唱欧洲七声音阶的歌曲。即使回到自己的国人中，也没有唤起她这方面的任何技能。一直到最后，她的内心世界，依然是一个基奥瓦人的内心世界。

三年后，他的女儿、女婿带着两个孩子一起回到圣安东尼奥，取得了当时人去楼空的贝姐科尔特大屋的所有权，开始了漫长且几乎是徒劳的对西班牙殖民时代的土地所有权的争取。埃默里借钱买了台新的印刷机，盘下里昂·莫克的成衣店，开了间印刷店。奥林匹娅终日徘徊在贝姐科尔特宫[1]的各个房间里自怨自艾，最后再次结婚，这让大家都松了口气。伊丽莎白在育子之余，在狭长的大餐厅一角摆开写字台，将地图和发黄的旧地契铺了一桌子。

子女的归来让上尉结束了得州村镇间的流浪生活。

---

1 原文为西班牙语。

他因为她变成了喜爱流浪的人，但一切都有结束的时候。圣安东尼奥变了，西班牙殖民时期的建筑陆续被推倒。许多人的地被强行征走，叫他看了心痛。基德上尉带着乔安娜搬进伊丽莎白、埃默里和他们两个孩子的家：他安享晚年，她则要面对一个未知的未来。他在埃默里的印刷店中当顾问，在铺满排字条的桌前检查每一版成品，女婿埃默里则怀着无上的兴趣与热情，在新型巴布考克滚筒式印刷机前干得热火朝天。乔安娜为了上尉，在成为一个白人女孩方面做着努力。她同其他女孩一起游泳，跟她们一道上舞蹈课，忍着脾气学她们一样侧鞍骑马。每当看到阿拉善溪与圣皮耶罗泉中半裸的墨西哥女众在那儿洗衣，看到她们相互之间泼水作乐、拆开长发浣洗、任长裙漂浮在腰际的样子，自己则要僵硬地保持骑姿、头顶着为美观起见而戴上的小圆帽时，她的眼中都充满了妒嫉，她就这样骑回家去，在晚餐桌上强颜欢笑，小心地摆弄自己的刀叉和那把小得不得了的咖啡勺。上尉叹着气，双手垂在腿上，惋惜地看着自己的小布丁。最糟的情况发生了，他不知道怎么办才好。

有一天，杜兰德的约翰·卡利骑马来到镇上，专门去拜访了上尉。他对老人在杜兰德百货集市上呼吁安静与理智的德行记忆犹新。他站在贝妲科尔特双扇大门前炎热的索尔达德道上，帽阴掩着他的脸。大门上的小门开了，一个矮个女仆探出脑袋，身后站着一个瘦削的姑娘，年约十五,一头浓密的黄发编成麻花辫盘在头上。她有一对碧蓝的眼睛，眼鼻间星星点点撒着雀斑，穿一条织有黄色花纹的深灰色大摆连衣裙，涂着珍珠粉的指甲，甲内纤尘不染。

何事？女仆语带狐疑，没好气地说。先生麻烦你快告诉我。

怎么了？女孩说。您是要找谁吗？

他一瞬间没了词。半晌，说：你难道是乔安娜？那个上尉送回家去的战俘？

对，我是乔安娜·基德。她迟迟疑疑地对面前的陌生人微微一笑，对方脚穿长筒旅行靴，手挽长款旅行风衣，那风衣已经穿得没了形。

卡利摘下帽子，他无法将视线从她身上移开。当年那个灰头土脸、发辫毛乱、像小兽般躲在弹簧马车车板后张望的小姑娘，竟出落成了这般模样。他还记得她当时将自己手中的太妃糖拍落在地的样子。

他说，啊，对了，嗯，我来此是为了向上尉致敬。我，呃，正好来圣安东尼奥看，呃，看牛。他顿了顿说。对，看牛。

哦，当然可以。她退后一步，往屋里指了指。她说，他就在中庭。您快请进吧。

他往里跨的脚尚来不及落下，停在空中，又问，你还认不认得我？

她仔细打量他，面前的人个子很高，因旅途而风尘仆仆。他踏进铺着清凉地砖的门厅，她用一对蓝眼睛一再辨认着。对不起，她说，恐怕是不认得，这边走。

他跟着她走，靴跟橐橐有声地敲击着地面，在洒进中庭的日光中，他看见了正在读一本皮面厚书的上尉。年轻人站得笔直，在金合欢的树荫下与上尉叙了一会儿旧后，提出再来拜访，且真的来了。来时为上尉带了几份新报纸，还给基德小姐带了一小捧用玫瑰制作的干花，盼她也许能够喜欢。

乔安娜，她说，叫我乔安娜就行。

卡利在伊丽莎白的小钢琴前坐下，弹起了《荡起浆儿》与《得州黄玫瑰》，虽然他头也不抬地看着键盘，内心却等待着她走到他的身边。很快，她就过来站在离他肩膀很近的位置上了。他在琴凳上挪出一个空位，她犹豫了一番，这才优雅地理了理裙子，在他身边坐下，且第一次向他微微一笑。他一个音一个音地教她唱自己弹的歌。

他生命中的这个下午是漫长的，仿佛具有魔力。灰马默默拉着奶车，沿街传来奶贩的叫卖，牛奶！生牛奶！维拉曼迪门前，有人在唤一个叫“提莫提娅”的姑娘，牵牛花藤在关闭的百叶窗上挂下来，和它红得恣意无度的牵牛花一起，在屋后河上吹来的风中投下摇曳的影子。卡利用沙哑的喉咙，唱着走了调的“宁静的夏夜，她走过河边”……然后就忘了词，只记得有“星星”“明亮”一类的字眼。少顷就不唱了，只坐着看她。

上尉站在九英寸高的落地长窗前，看奶贩子经过了一幢废弃的旧式西班牙大屋，又经过了几栋新造的砖楼，拐过群岛广场，走进了日头里，消失在了历史的长河中。

卡利终于要走时，太阳已经落山了，她站在大门口，手里捧着他的帽子，仿佛捧着一个大蛋糕。

她说，路上小心，至（这）是你的帽子，欢迎你来吃晚发（饭）。

约翰·卡利决定留在南得州，在圣安东尼奥以南弗利欧镇外的灌木荒地“努埃塞斯带”圈牛。人人都知道那里很危险，很少有人去那里，因为那片土地全是不法之徒，不适合向往安逸的灵魂，但只要能活着，只要保持警惕，就能圈到很多野生水牛，借此发一笔小财。这需要善射、能睡时倒头便睡、不能睡时能长久地保持清醒的能力。他雇了一批本·金奇洛这样的人，个个是硬得像钉子般的硬汉，会说英语和西班牙语，在圈牛和打枪两方面都很擅长。他把所有圈来的野牛集中起来，绕着它们烧了个圈，表示有主，然后又去了北方。往复两次，便挣下一份家业。

按照南方“在女方家中成亲”的习俗，他和乔安娜于一月在贝妲科尔特大屋举行了婚礼。乔安娜与上尉坐在自己的闺床上，等着被请下楼去。楼下，卡利与圣约瑟夫教堂的圣公会牧师站在一起，他身着笔挺的黑色燕尾服，扎着条纹领巾。楼上的她双手发抖。

她紧靠他坐着，仿佛害怕去到未知的未来，需要他保护，她身上散发着橘子水、浆洗液和长在卡拉马里溪畔的百花马鞭草的气味。

Kontah，她说。她的声音颤抖着，双眼噙着泪。

没事的，乔安娜。

我还从妹（没）有结过分（婚）呢。

不会吧！真的吗？！

唱喂，您就别嗨（开）玩笑了。她用一只颤巍巍的手将用一圈珠串固定在头上的面纱在复杂的盘发上压了压。我都要运（晕）倒了，约翰也像我一样，从妹结过分。她圆圆的脸上浮起红晕，红晕加深了雀斑的颜色，像山里的水蜜桃。

天呐，希望这不是真的。

唱喂，结分的诀窍有哪些？

嗯，他说，第一，千万不能再割人头皮了。第二，别用手抓饭吃，也不要杀邻居家的鸡。他说的时候，尽量保持一种轻松的语气。他的喉咙发紧，他清了清嗓子，发出嘶哑的声音。至于可以做什么嘛，就留待你们自己去发觉了。一切都会平平顺顺的。

他从兜里摸出自己的猎用金怀表，弹开表盖，让她看时间。

她擦了擦泪，低头看着表，说，十一点了。时间，*Kontah*。

伊丽莎白在楼下喊了一声，继而又抱着裙裾跑上楼来。她站在门外，满脸笑容地探进头来。乔安娜，她说。你准备好了吗？

乔安娜转身搂住上尉的脖子。我们会经常回来看您，她说。您就是治愈我的“药泉”。说完，她泣不成声。

好，好，他说。他闭上眼睛，求告上天，别让自己也哭了。你也是我最最亲爱的小战士，你可不能哭。他把怀表塞进她手里。这表你拿着吧，最近几年时日似乎过得快了起来，我为你操了多少年心，和你相依为命了多少个日子，现在是把你送走的时候了。

婚后，她随约翰·卡利赶着一辆四轮小马车去到密苏里的“瑟达里亚”圈牛。这是她喜欢的日子。于是，乔安娜与约翰·卡利，在得克萨斯广袤的野牛地里纵横游牧，一直把日子打发到了新世纪，活到了第一架飞机在尤瓦尔迪降落的那一年。老两口手牵着手，与两个孩子一起，共同目睹了这架飞机坠毁在地面、飞行员从残骸中若无其事地走出来的场景，仿佛坠机的事正合他意，是他故意的。

上尉已近终年，重新着手编撰基奥瓦词典，直到后来两眼昏花看不清东西。他常记起她在布拉索斯河“十美分枪战”后所发出的叫喊。那是真正的阵前呐喊，发自她的内心，虽然当时她年仅十岁。

布里特·约翰逊、佩恩特·克劳福德和丹尼斯·丘尔顿于1871年在运货途中被科曼奇人杀死在北得州葛兰姆附近。他们是在葛兰姆与印第安圆顶山之间唯一一块平地上被击毙的，死后就地掩埋，墓碑至今还立在原处。

西蒙与朵丽丝一共生了六个孩子，每个孩子名字的头一个字母都是“D”。一家人都搞音乐，连年在北得州境内周游，为谷仓舞会和游艺会演奏爱尔兰的吉格舞曲和牛仔的抒情歌。霍瑞尔兄弟继续在中得州与新墨西哥一带作恶，1877年，其中几人在兰帕瑟斯广场枪战中被打死，霍瑞尔兄弟这才罢手，也终于如愿见诸了东得州的报端。

圣费尔南多大教堂的正门一左一右新修了双塔，内部建于1733年的正堂和圣坛穹顶还保持原状。教堂的公墓[1]被迫迁往圣安东尼奥河南岸，好在许多殖民时代的西班牙人都将尸骨埋在了教堂地下，于是，贝妲科尔特姓人的尸骨就留了下来，在圣费尔南多的钟声里，在圣母颂与三钟经里，也许终于与这新的世界达成了妥协。而基奥瓦战士，他们的尸骨并不埋在地里，他们的尸骨埋在了他们自己的故事中，那些故事口耳相传，代代延续——故事里有他们的勇气与胆魄，有布里特·约翰逊他们的死，还有一个被印第安特派员带走的叫“蝉”的小姑娘，她是妈妈“三点”的蓝眼睛小女儿。

上尉在遗嘱中要求将自己与通讯兵胸章埋在一起。这枚胸章他从1814年一直保存到现在。他说自己有一份消息要送，内容不详。

1 原文为西班牙语。

作者的话

如果您有兴趣了解更多曾被美国原住民俘虏的孩子的心智状况，不妨读一读斯考特·蔡施（Scott Zesch）的《俘虏》(The Captured)。该书十分精彩，对许多曾在得州战线上被掳去的孩子有翔实的记录——其中也包括作者自己的太叔公。它将每一个孩子在被族群收养（或称被“接纳”）之前所承受过的死亡和恐惧都一一展现了出来。迄今还没有一个正式的研究去探索这些孩子为了存活，在心理上究竟采取了怎样的调节策略，希望这样的研究早日问世。一个显见的事实是：这些孩子都彻头彻尾地变成了印第安人，即使回到自己的非原住民亲族中，也不再重新作出调整。他们无一不希望回到寄养家庭中，即使其中的一些只与印第安人相处了不到一年的时间。这一现象适用于所有孩子，无论是英国白人，德国白人，还是墨西哥人。我想本书人物之一朵丽丝·迪伦所说的那句话最能对这一现象起到概括。这句话，就留待读者诸君自己去发掘了。

致谢

按照惯例，这里要先感谢我的经理人丽兹·达罕索夫（Liz Darhansoff）和编辑詹妮弗·布莱尔（Jennifer Brehl），感谢她们一得知这个故事就予以了毫无保留的支持。

感谢奇兹姆（Chism）夫妇琼（June）和韦恩（Wayne），感谢他们贡献出韦恩的祖先凯撒·阿道夫斯·基德（Caesar Adolphus Kydd）的故事，他曾在1870年代周游北得州诸镇，为大家念报，他就是本书与《闪电的颜色》（The Color of Lightning）一书中上尉的原型。